OBISPO DE ESPADA

UNOS & OTROS
EDICIONES

Antonio Arroyo

Título: Obispo de Espada

Autor: Antonio Arroyo

Edición: Dulce Sotolongo

Maquetación: Armando Nuviola

Diseño de portada: Crisanti Fidis

ISBN 13: 978-1-950424-02-3

ISBN-10: 1-950424-02-2

www.unosotrosculturalproject. com

infoeditorialunosotros@gmail.com

A mi madre y a Octavio Cortázar

El aire era como griego, y los conventos, como el foro antiguo, adonde entraban y salían, resplandecientes de la palabra, los preopinantes fogosos, los doctores noveles, con su toga de raso, los escolares ansiosos de ver montar en su calesa amarilla de persianas verdes, a aquel obispo español, que llevamos en el corazón todos los cubanos, a Espada que nos quiso bien, en los tiempos que entre los españoles no era deshonra amar la libertad, ni mirar por sus hijos (...) a Espada, el vizcaíno, se lo arrebataban a las puertas del camposanto los jóvenes cubanos, con tal empeño por probarle amor, que en aquella lengua de oro que se llevó consigo los saludaba así nuestro tierno luz: «¡Oh juventud divina! ¡Oh época de la vida más honrosa, para la humanidad, porque te dejas regir del corazón, sin conocer la ponzoña del egoísmo! ¡Nosotros me conmovisteis y conmovisteis a todos los presentes, jóvenes míos! ¡Nosotros volvisteis a hacer brotar la no agotada fuente de mis lágrimas, y vosotros me hicisteis gustar con noble orgullo que era, habanero el corazón que en mi latía!» ¡Pero han de volver, sin duda, los tiempos de Espada!

JOSÉ MARTÍ

Índice

Tañidos de campana

El amanecer se asoma en Arróyave, Álava. País Vasco. Corre el año 1782. Un religioso camina volteando la cabeza con insistencia por una ciudad dormida. Un aire frío, con sabor a otoño, convierte su aliento en volutas de humo matinal. A lo lejos se escuchan pisadas fuertes de sonido metálico, el eco las replica. El hombre dobla en una esquina, respira agitado, sus veintiséis años se apoyan contra la pared de adobe y piedras. Las pisadas se acercan aún más, el párroco, gira la cabeza a cada instante, tratando de descifrar quién lo persigue; de repente toma impulso y corre a todo lo que le dan sus pies sin dar mucha explicación a sus actos que a esa hora de la mañana le indican el peligro; se detiene jadeante, otra vez mira hacia atrás asustado y resuella. Se queda recostado a la entrada de una iglesia, expectante.

Un hombre muy alto con el rostro cubierto por una máscara y un tridente en la mano se abalanza con la intención de clavarle el tridente por la espalda al joven; quien sin mediar palabra alguna, agita con ímpetu el tridente y lo clava en el estómago de su contrincante anónimo, sin entender lo que ha hecho. La agitación del religioso y el sonido de su corazón se escuchan con fuerza. Luego de quedar largo tiempo sin perder de vista la sangre, el tridente, la máscara y al hombre alto que yace en la tierra, se persigna con devoción. Silencio absoluto. El viento sopla frío, adueñándose de la calle y de las hojas doradas del trébol y del manzano, convertidas en remolinos danzantes al antojo del aire en Álava. El cura camina con cierta tensión en su rostro, le sudan las manos, pese a lo álgido del ambiente.

Tañidos de campanas que llaman a maitines. Universidad de Salamanca. Dormitorio confortable y austero en la decoración. El religioso se levanta para ir a misa. Se viste frente a un enorme espejo ovalado, enmarcado en un escaparate de roble. Su rostro va envejeciendo. Juan José Díaz de Espada y Fernández de Landa, que así fue bautizado hace cuarenta y seis años, abre los ojos por fin, luego de casi dos días de fiebre muy alta, vómitos y malestares en todo el cuerpo. Lo llenan de cataplasmas emolientes y lienzos empapados en vinagre, para luego aplicarle dos onzas de maná, una de tamarindo —que sirve de laxante— y media onza de sal de Glauber disueltas en seis onzas de suero, las que fueron divididas en cuatro partes, han sido dadas según las circunstancias. Las sangrías y los evacuantes son fundamentales al inicio para curar la calentura; sino viene la muerte, implacable, violenta, irremediable. Pero Tomás Romay, médico de cabecera del ilustre paciente y flamante Obispo de La Habana, no ceja en sus empeños por salvar del vómito negro a quien será luego su amigo de toda la vida. Después de disipada la fiebre y el peligro, receta el doctor Romay agua pura con jugo de limón, naranja o piña, según desee el paciente. Recomienda además abstenerse de las carnes saladas, comer verduras bien lavadas aderezadas con vinagre. El sabio también indica reposo, mucha higiene y limpieza. Sor Eusebia, una monja ursulina, joven y de recio carácter, ha acompañado al obispo en su enfermedad y junto a la empleomanía de la casa en la calle Luis de Gonzaga, se encarga que las órdenes del doctor Romay se cumplan a cabalidad.

—¿Me he comportado de manera impropia, sor Eusebia? —pregunta el Obispo de Espada recuperando sus fuerzas.

—Se ha comportado valientemente, monseñor, ¿por qué habría de ser lo contrario?

—Unos amigos de Salamanca siempre me acusaban de roncar mucho —se defiende Espada y sonríe.

—No roncaba, se lo aseguro, pero en sus delirios llamaba a San Prudencio, como si le conociera —afirma la monja.

—San Prudencio es un ascendente remoto por mi rama paterna. Fue obispo en Álava, allá, en el siglo VII, como debes saber. He soñado con él a menudo, desde mi juventud. En dichos sueños mi lejano pariente me auguraba un brillante futuro. Te doy mi palabra que durante mucho tiempo me empeñé en descifrar el significado de tales vaticinios, pero luego olvidé el incidente; mas el día que fui presentado por su majestad Carlos IV y nombrado por su santidad Pío VII, Obispo de La Habana, las palabras de San Prudencio vinieron a mí como un torrente de reconfirmación cristianas. Parte del designio fue descifrado felizmente para mi regocijo —concluye el Obispo de Espada, mientras bebe agua con zumo de naranja que la solícita monja le sirve en un jarro de plata con incrustaciones de nácar.

—¿Monseñor y qué parte de los designios no ha podido descifrar? Me llama la curiosidad —pregunta sor Eusebia con total y aparente inocencia.

—A cada tanto sigo pensando en un hombre enmascarado a quien hube de enterrarle un tridente, estimada hermana.

Sor Eusebia escucha muy atenta.

—Los designios de la providencia son a veces inescrutables, monseñor —afirma la monja, quien le ofrece al prelado una servilleta ricamente bordada de fino algodón, para que seque sus labios, después de ingerir el agua con zumo de naranja.

Una casa señorial

Tañidos de campanas se escuchan por doquier anunciando las cinco de la tarde en un día de septiembre de 1802, en La Habana de intramuros. Se respira un aire agradable a esa hora, donde dos grados menos de temperatura marcaron la diferencia durante una centuria. En las esquinas de Amargura y Aguiar se avista una casa señorial, construida en piedra de cantería a finales del siglo XVIII; la escalera central que sirve de unión a las tres plantas, hermoseada con lozas de botticino y balaustres de cedro, señorea en el espacio. Los pisos con baldosas negras y grises también de botticino simulan un infinito tablero de ajedrez. En la segunda planta que da a la calle Aguiar, la mirada se recrea en un amplio salón con ventanas de dos hojas que van del piso al techo; un lugar lleno de espejos con marcos dorados, jarrones de porcelana de Sèvres con orquídeas y azucenas, lámparas de Baccarat que penden del techo, paredes con paisajes bucólicos de la lejana Europa, sofás y butacas forrados en pana roja, testimonios del barroco en su apogeo, decoran el lugar.

Un violín es ejecutado por un joven vestido de frac. Lo acompaña una soprano engalanada con un traje de raso de discreto escote en el busto, color salmón, en combinación con las flores que adornan su complicado peinado; aretes y gargantilla de oro con esmeraldas complementan el atuendo. Esclavos llevan y traen bebidas y bocadillos que colocan en una enorme mesa rectangular, adornada para la ocasión. Todos escuchan al músico, la soprano terminan la pieza con un alarde acrobático que arranca el aplauso a la decena de personas invitadas El conde de O'Donnel, luce un chaqué negro, camisa blanca de cuello alto, pantalón gris de raya diplomática y una corbata roja a la que va sujeto un alfiler de oro con un pequeño brillante; Calixto Herrera y Abascal tiene treinta y cinco años, algunos tragos de más y aplaude eufórico, con un tabaco en la boca. La cantante no es otra que la condesa de Nebel.

—Mi hermana nos ha complacido con una pieza de Beethoven y la ha escoltado... ¿José Julián?, un negro...

El conde no termina de hablar, su hermana, lo interrumpe con extremada cortesía, Amalia, la condesa de O'Donnel, su esposa, tiembla ante lo que se avecina.

—Mi querido Calixto no fue una pieza de Beethoven lo que interpreté, sino una de Esteban Salas, junto a Octavio Filiberto, el talentoso músico que me acompaña. Reconozco tu capacidad extraordinaria para llamar con el mismo nombre a todos los negros. Te aseguro que ellos también son distintos, aunque te cueste creerlo. Sin dudas, tus centrales azucareros y el trabajo que los pobres esclavos producen durante veinticuatro horas para ti, no te dejan tiempo para pensar en otra cosa, ¿cierto Calixto?

El público queda absorto. Algunos ríen por lo bajo de puro nervio. La mayoría no sabe qué hacer. La condesa de Nebel va por un jugo. Uno de los esclavos se lo va servir y la dama cortésmente con un gesto, le indica que prefiere hacerlo ella. Cuando termina, se lo ofrece a Octavio Filiberto, quien bebe el jugo gustoso.

El conde de O'Donnel ni se ha inmutado por las palabras de su hermana. Amalia permanece a su lado, trémula, rezando el padrenuestro en voz baja. El conde toma una cucharilla y toca en una copa de cristal llamando la atención del público.

—¡Bienvenidos señoras y señores! Hoy festejo la inauguración del más grande y más moderno de mis centrales azucareros. Lo he bautizado como Luciérnaga.

Los invitados aplauden. El conde hace una pausa con su mano para que le permitan continuar. No ha perdido ni la compostura, ni el buen humor.

—Habrán notado que mi hermana, doña Ana María Herrera y Abascal, condesa de Nebel, no encuentra provechoso el trabajo esclavo. Lo negativo son algunas sublevaciones de negros, pero gracias a la esclavitud podemos producir y exportar azúcar, miel, cera y café. Mis centrales originan mucho dinero y gracias a él, mi hermana sabe más de música que yo, viaja por el mundo, se divierte y aprende, además, ideas absurdas sobre lo establecido, ¿cierto, querida Ana?

La condesa se muerde el labio inferior, aspira aire, fulmina a su hermano con la mirada e inmediatamente abandona el salón. El conde va por un trago de coñac. Amalia está vestida con amplia falda de muselina gris, blusa blanca de algodón con ribetes dorados en el cuello y unos pendientes de oro que semejan la moda egipcia, confeccionados especialmente para ella, comenta con sus amigas de la última moda en París y estas hacen como que la atienden, pero no; en realidad disfrutan del escándalo en una de las familias más poderosas de Cuba.

Apartados en un lugar están Tomás Romay, el Padre Juan, el Padre Pablo y el Obispo de Espada. Este último degusta un plato de buñuelos en dulce de piña.

—¿Adónde me ha traído, querido amigo? —pregunta risueño Tomás Romay al Obispo de Espada.

—Hijo mío, le aseguro que no es la casa de Dios. No tuve más remedio que venir —asegura el obispo.

—Pero no sabía del carácter de la condesa —refiere Tomás Romay.

—Mi presencia obedece a un asunto muy delicado. No he podido rechazar tal invitación.

—Pero se hubiera excusado como ha hecho otras veces —enfatiza don Tomás.

—No, mi querido doctor. El asunto es complicado. Necesito tiempo.

Tomás Romay se da cuenta que no debe hacer más preguntas, aunque le inquieta la actitud de su amigo y confesor. El conde de O´Donnel se acerca a los invitados. Tomás Romay y el padre Juan van por un refrigerio. El Padre Pablo se aparta y saluda a algunos conocidos.

—Hermosa casa y hermosa la fiesta. Gracias por su invitación —habla el obispo como pensando cada palabra.

—Le ofrezco mil disculpas por la actitud de mi hermana, Su Santidad Ilustrísima —se explica el conde.

—No se preocupe mi querido amigo. La reunión ha estado muy animada —afirma el obispo.

—Mañana estaremos en boca de todos. Se lo aseguro.

—Su hermana es una mujer fascinante. Muy pocos nos atrevemos a llamar a las cosas por su verdadero nombre delante de tanta gente notable. Además, la condesa canta muy bien.

El conde fija la vista en el prelado casi con impertinencia.

—Si quiere se la regalo, Santidad. Es viuda, ¿sabe?

—Caería en grave pecado, hijo mío. Aunque debo confesarle que si mis hábitos y mis votos me lo permitiesen yo quedaría encantado con semejante «regalo»; al parecer, usted es quien no puede con su astucia.

El conde no sabe qué decir y va directamente a lo que le interesa.

—¿Su Ilustrísima ha terminado con «las pequeñas ocupaciones que lo procuran» para recibir a mis socios productores y a mí?

Espada se toma el tiempo del mundo. Termina de comer y contesta.

—Todavía no puedo responderle, sin embargo, lo cito para mañana con los demás hacendados para hablar del tema. ¿Le parece bien antes del mediodía?

El conde no esperaba esta salida. El obispo le ofrece la mano y éste la besa. El Padre Pablo va a buscar el coche para marcharse. Tomás Romay y el Padre Juan se acercan. Amalia desde lejos observa a su esposo. Ha dejado de temblar.

—Queridos míos, deseo caminar un poco, si ustedes no tienen inconvenientes.

Los colaboradores del obispo asienten y junto a Tomás Romay se marchan de la fiesta, dándole gracias al conde de O'Donnel, quien los despide, triunfal. Caminan por la calle de la Amargura y doblan por San Ignacio. Espada se muestra preocupado, pero no comenta al respecto, va detrás con mucha discreción. El Padre Pablo escucha atento. San Ignacio, a estas horas de la tarde siempre se halla movida con carruajes, señoras encopetadas, vendedores ambulantes, monjas que caminan de prisa, niños que juegan; sin embargo, hoy la calle está vacía.

Los tañidos de campana forman parte de los ruidos de la ciudad. Un carretón con varios muertos por la viruela pasa alejado. El carretonero se tapa la nariz con un pañuelo. Solo el Padre Juan y Tomás Romay lo ven y se persignan.

—Don Tomás, nuestro obispo se nota ya muy bien de ánimo y se lo debemos a usted —agradece el Padre Juan.

—Tiene una salud y una voluntad de hierro. De otra manera no hubiera sobrevivido al vómito negro, estimado Juan. Mis cuidados solo hicieron una parte. Dios hizo la otra —habla don Tomás Romay con mucha humildad.

El obispo que va detrás, sale de su ensimismamiento y alude a don Tomás con la mirada. Las campanas siguen sonando. Espada se molesta por el ruido de los bronces, pero no comenta al respecto.

—No sea modesto querido doctor, le debo la vida. En los días de mi enfermedad le comentaba sobre la necesidad imperiosa de eliminar los enterramientos en las iglesias, un verdadero foco de epidemias y de lucro. ¿Lo recuerda? Entonces me hablaba usted de los avances de la medicina contra la viruela. Luego estuve investigando sobre la creación de una vacuna contra el terrible mal. Es un don del cielo hecho a la humanidad —afirma el obispo con total convicción acercándose a sus amigos.

Una volanta pasa rauda, casi atropella al prelado, gracias a los rápidos reflejos de don Tomás, sale ileso. Todos se miran. El Padre Pablo se inquieta. El carruaje se pierde por Amargura. Y las campanas que ensordecen con sus toques a cualquier hora, siguen tañendo cual sonsonete abrumador.

Dos horas más tarde, la fiesta en la mansión O'Donnel ha concluido. Amalia vela porque sus dos pequeños, Calixto Guillermo y Marta María, estén bien arropados y dormidos; ella los contempla embelesada, feliz; los besa con ternura, luego va hasta la ventana de su cuarto, aspira el frescor que le llega del mar, mientras reza un padrenuestro antes de quitarse el vestido de gala. La condesa de Nebel marcha a sus habitaciones. El conde sentado en una silla del comedor bebe un trago más.

—Vaya manera de hacerte notar, hermanita. ¡Cantante de ópera y antiesclavista! ¿Eh?

—La decencia no me permite «catalogar» lo de esta tarde. Por eso me cuesta tanto venir a Cuba, Calixto.

—¿Cuándo fue la última vez que nos vimos? Hace más de seis años, ¿no?

—Y segura estoy que va a pasar mucho tiempo para volvernos a encontrar.

—¿Tan mal te trata La Habana, querida Ana? He preparado esta majestuosa fiesta en tu honor. Lo de mi nuevo central fue solo una excusa.

Ana lo mira y se ríe.

—Y te lo agradezco, aunque no necesito de una fiesta con personas a las que apenas conozco para sentirme agasajada, Calixto. Eso deberías saberlo. Pero no se trata de eso.

Calixto la mira, va a comentar algo y se calla.

—¿Qué vas a decir, por favor?

Calixto apura el trago y lo termina, casi rompe la copa al no saber dónde colocarla.

—Que es cierto, que apenas sé nada de ti, de lo que te gusta o no y siendo hermanos... ¿No deberíamos cambiar las cosas?

El conde se levanta de la mesa, se sirve nuevamente, hace un brindis al aire y se tambalea. Su estado de ebriedad resulta indiscutible y lo disfruta tanto, como pocas cosas en la vida.

—Honor a quien honor merece, hermanita. ¡Porque nos conozcamos mejor!

La condesa suspira resignada y niega con la cabeza.

—De mal a peor con ese licor, Calixto. ¿Por favor, no deberías parar?

—Brandy, la bebida se llama brandy, querida mía. Hay que destilar el vino dos veces, en alambiques de cobre; luego envejecer el aguardiente en barriles de roble que le dan este color y aroma tan especiales; alambiques de tipo charentais ¿lo sabías? —afrancesa la voz el conde con mímica exagerada y etílica.

—¡Basta Calixto, por favor!

Ana María se persigna alterada. Calixto la mira con ojos de coñac. No tolera que alguien le diga lo que ha de hacerse, mucho menos una mujer, aunque esta sea su hermana.

—¿Nunca has pensado adónde irá tu alma?

—Ciertamente no lo he pensado. Pero no te preocupes, que falta mucho tiempo para eso.

Con la risa Calixto se vuelve a tambalear, no obstante, recupera su precario equilibrio y se acomoda en una de las sillas del comedor.

—¿Y has pensado tú, adónde irá tu alma Ana María Herrera y Abascal, eh? Yo tengo la respuesta.

El conde ríe a carcajadas. La situación es ridícula. La condesa se dirige a su alcoba, a punto del enojo.

—Desfachatez y soberbia es lo que te adornan, conde de O'Donnel.

—«Desfachatez y soberbia»... es lo que me adorna y a ti, ya te hace falta un buen marido que te meta en cintura. ¡Santurrona!

La distinguida señora se muerde los labios por el enfado y la vergüenza. La situación, no obstante, la exaspera. Vuelve sobre sus pasos.

—Modera tu forma de hablar. ¡Qué insolencia! Yo soy viuda, Calixto, viuda y a mucha honra. Jamás volveré a casarme. Jamás. Mi difunto esposo sí era un caballero, algo que todavía te falta por aprender.

—Aunque te pese soy el hombre de esta casa…ji, ji, ji…

—Me tiene sin cuidado que seas el hombre de la Casa de O'Donnel… con unos tragos de más. ¡Vaya cosa!

—Dale a que te zurzan. Por no decir algo que la decencia…

La condesa respira profundo para no maldecir, las venas del cuello casi saltan de la impoluta piel. El conde ríe estrepitosamente del enojo que le provoca a su hermana. Nebel levanta la falda del traje con donaire y apura sus pasos hacia el hermano.

—¡Bastardo! ¡Bastardoooooooo! —grita Ana María Herrera y Abascal, fuera de sí.

A Calixto le resbala la copa de la mano que estalla en trizas al tocar el piso. Los cristales se esparcen por doquier. El conde no sabe qué decir. Su rostro va del asombro y la rabia a la duda. Se quedará sentado durante horas en la silla del comedor.

La condesa baja las escaleras de la segunda planta y sale al patio central de la casa. Llega Vicenta, su dama de compañía, que regresa con un encargo de la botica francesa, atendida por el doctor Jean Tavernier, oriundo de Mezt, en la región de Lorena. La condesa sonríe al ver a su confidente. Lleva días sintiéndose mal pero no se lo ha comentado a nadie. Le asustan mucho los médicos luego que su esposo murió y ningún galeno pudo hacer algo por salvarle la vida. El remedio que trae Vicenta es para ella y ojalá consiga aliviarla.

San Carlos

El Real y Conciliar Colegio–Seminario de San Carlos y San Ambrosio construido a fines del siglo XVIII, es una de las instituciones más prestigiosas de Cuba. El pelirrojo Juan Galindo y su amigo, el locuaz Pablo Socarrás, colaboradores de Espada; vienen conversando animadamente por uno de los pasillos del colegio. Espada muy serio se les acerca y con un ademán les pide que lo acompañen. Los amigos siguen al prelado. Por los pasillos, jóvenes laicos y religiosos entran o salen de las aulas en un continuo murmullo acompañado de risas aisladas. Es el cambio de turno. En la calle Empedrado los jóvenes se montan en el carruaje del obispo, una volanta amarilla de persianas verdes, que luego de rodar durante diez minutos por las pestilentes calles de la ciudad intramuros, se detiene en las esquinas de Compostela y Teniente Rey. Espada, Juan y Pablo, se bajan del vehículo. El cochero dobla por Teniente Rey, se detiene y aguarda pacientemente a sus pasajeros.

—Ah, el Padre Anselmo aseguró que no me dejará entrar —afirma Espada.

—¿Monseñor, ¿qué va a hacer, siendo hora de misa y con la puerta cerrada? —pregunta Pablo.

Espada toca la aldaba. Nadie abre. El obispo señala a Pablo para que vaya hasta el costado de la iglesia por la calle Teniente Rey y busque algún lugar por donde entrar. Espada mira a Juan, que siempre calmo, ahora va de un lugar a otro sin saber qué hacer. Espada le da unas palmaditas en el hombro para sosegarlo. Las campanas empiezan a sonar insistentemente. La puerta de la iglesia se abre de repente. Un hombre joven, elegantemente vestido, mira a todos lados y se marcha con cautela por el lado contrario de los religiosos. La puerta vuelve a cerrarse. Espada y el padre Juan aprovechan para empujar y entrar.

—Dios siempre está de nuestra parte. No olvide eso nunca, querido Juan.

El Padre Anselmo, un hombre de unos cuarenta años se queda pasmado.

—¿Qué hace en mi iglesia? —pregunta ofendido.

Espada se ríe. El padre Juan no puede creer lo que oye.

—Que sea suya, habría que verlo padre Anselmo. Esta sigue siendo la casa de Dios y yo soy su máximo representante en esta ciudad, no lo olvide. Por no hablar de la obediencia y el respeto que usted me debe como mi subordinado.

—¡Soberbio! —dice Anselmo por lo bajo.

—¡Inmoral! Ese joven que acaba de salir ¿cuánto le ha pagado por un toque de campanas? —pregunta Espada señalando acusador al padre Anselmo.

Espada ordena al padre Juan para que registre al padre Anselmo. Juan titubea, con mucha cautela inspecciona al párroco.

—¿Cómo se atreve a tocarme? —reclama Anselmo.

Una bolsa pequeña con sonido metálico cae al piso. Anselmo intenta taparla con el pie. Juan la recoge.

—El alguacil de Vara vendrá a imponerle una multa por violar el Edicto de Campana Padre Anselmo. Por esta vez seré benévolo y no aplicaré medidas más drásticas. ¡Porque sabe que puedo hacerlo! —Espada ni siquiera levanta la voz, señalando con el dedo al infractor.

—No sé de qué edicto me habla.

Pablo desde el fondo de la iglesia llega hasta donde se encuentran los otros. Viene medio agitado. Escucha al Padre Anselmo.

—Yo mismo en persona le traje el edicto y se lo entregué en sus manos, ¿no recuerda Padre Anselmo? ¿Dónde lo puso? —reclama el Padre Pablo.

—No conozco de tales asuntos —Anselmo desafiante mira al Padre Pablo.

—Pues debería. Lo que hace va contra el espíritu de la iglesia y el reposo público, va contra la situación delicada de los enfermos —sermonea Espada sin alzar la voz.

Anselmo se sabe cercado. Las campanas siguen repicando.

—Su desobediencia no tiene origen en la piedad —afirma Juan.

—Puro asunto mercantil con algo tan sagrado. Una vergüenza que debe terminar ya. Pablo, hijo mío, manda a callar esas campanas inmediatamente. Los toques de campanas no se negocian Padre Anselmo. ¿Le queda claro?

Pablo obedece y se marcha al fondo de la iglesia. Anselmo, aterrado y con disimulo dirige su vista hacia una de las cortinas que adornan el púlpito y que comienza a moverse. Juan y Espada miran a la cortina y al Padre Anselmo indistintamente. Un estornudo sale detrás de la colgadura y se repite. Espada va hacia el lugar y descubre a una mujer blanca muy joven y a un hombre blanco mayor. La joven está embarazada. Los dos visten refinadamente. Ambos miran horrorizados al obispo. El padre Anselmo abre la boca y traga en seco. La cruz que lleva en el pecho la tiene en su mano derecha.

—Tendrá que darme muchas explicaciones padre Anselmo y ahora —ordena Espada.

El rey del hielo

La mansión O'Donnel. Ana María desayuna frugalmente en el comedor. Terencio, un esclavo joven, va a servir jugo de guayaba helado. Ahora detengámonos en el jugo helado para acotar que Frederick Tudor, norteamericano de origen y muy amigo del conde, trae el hielo en barco desde los Estados Unidos, cortado en grandes bloques que van a unos depósitos especiales que ha hecho construir el mismo Calixto muy cerca del puerto, para tener garantizada la durabilidad de lo exótico. Lo paga a precio de oro; luego lo vende al triple de su valor a gente muy selecta y ayuda, con su intuición para los negocios, a que Frederick obtenga los permisos correspondientes de las autoridades españolas y que en 1805 venga el propio Frederick de tan solo veintidós 25 años a bordo del buque Favorito con doscientas cuarenta toneladas del frío producto. Tan satisfactoria resultó esta idea que tiempo después, también con el apoyo de Calixto, el americano consigue el monopolio de la mercancía durante seis años para importarla a la mayor de las Antillas, donde se servirá en lugares muy refinados y cambiará las costumbres de una Habana, que ya comienza a ser ciudad en grande, en la que Frederick Tudor será bautizado como el Rey del Hielo. Entonces, volvamos a la condesa, que niega con la cabeza y le agradece al sirviente con una sonrisa. Se sirve ella misma el zumo helado de la jarra de cristal.

Terencio la mira de reojo, asombrado. Ana María va vestida con camisa blanca de mangas largas, vuelos en la pechera y pantalones largos; en un colgadero de madera y bronce aguardan su saco, sombrero y bastón. Lleva el atuendo con aire sensual. Viene el conde desde la calle con ropa de montar y cuando la ve se encoleriza.

—¿Me puedes decir de qué vas disfrazada?

—¿Disfraz? Está cortado por el mejor sastre de París. ¿Acaso no lo ves? —la condesa sonríe.

—¿No irás a salir así? —O'Donnel traga en seco.

—¿Se te ocurre alguna mejor idea, hermanito?

Calixto permanece de pie. Le hace una seña al esclavo para que se marche. Se sienta en la mesa, lanza un bufido mirando directamente a su hermana a los ojos.

—Te prohíbo que salgas vestida como, como... tú sabes cómo.

—Prohibir, prohibir. Jean Cristopher, esposo mío, te echo tanto de menos.

—Y si lo haces —Calixto no acaba la frase.

La condesa termina su jugo, se limpia delicadamente la boca con una servilleta y al terminar juega con ella entre sus dedos.

—No me puedes echar de mi propia casa, si es lo que piensas. ¿Debo recordarte que la heredé de mamá porque nuestro padre perdió la suya en una apuesta de gallos? Esta casa es mía Calixto, tuya y de tu esposa, por supuesto. No soy para nada mezquina.

Calixto cruza las manos. No ha dejado ni un instante de mirar a su hermana a los ojos. Sabe ahora que le ha dado una tregua y lo capta al instante.

—¿Podemos recomenzar nuestra primera conversación del día, por favor? —dice el conde.

Ana asiente y se lleva una mano a los labios con femenina exquisitez.

—¿Por dónde empezamos? —pregunta la condesa.

—Buenos días Ana —saluda Calixto con el mejor de los tonos.

—Buenos días Calixto. ¿Dormiste bien?

—No dormí bien y me preocupa mi hermana vestida de forma inusual, pero pasemos el detalle de tu traje por alto —afirma Calixto con simpatía.

—Agradezco tu preocupación por mi vestuario, pero te conozco. ¿Qué me vas a decir?

Calixto niega con la cabeza y va directo al grano.

—¿Confidencias de tu padre, es decir, de nuestro padre?

La condesa capta al instante la pregunta. Mira a todos lados y habla en voz baja.

—Prefiero no hablar del tema. Me resulta difícil.

—Ayer no lo parecía. Por favor, dime lo que me tengas que decir.

El tono de Calixto resulta sincero.

—Calixto te ofrezco mil disculpas. Anoche me dejé llevar por los impulsos y en eso, debo reconocerlo, somos iguales. Te ruego encarecidamente que mejor olvidemos tal asunto, por favor.

—Hasta ayer era el hombre más feliz del mundo. Ahora soy un «bastardo» y tengo derecho a saber. Ana, te lo suplico; no fue un arranque de ira lo que salió de tu boca. Era una convicción.

Ana gira la cabeza hacia una pared lateral, repasando los colores de los angelotes y las ninfas en una escena bucólica, pintadas por su hermano en los años mozos. Ahora piensa en su casa de campo en Francia y en el general Nebel, su esposo. Traga en seco. Mira a Calixto por unos segundos que parecen siglos.

—Lo que te voy a referir, será por única vez. Después que finalice esta conversación nunca más tocaremos el tema, ¿de acuerdo?

O'Donnel asiente con la cabeza.

—Nuestro padre apenas me dirigió la palabra en su vida. Una vez le escuché decir que no le gustaba hablar con mujeres. El preferido eras tú y siempre quise averiguar el por qué. La parda Caridad, me lo confesó. Qué Dios la tenga en la gloria. Mi madre que era una santa durante años nunca le dio un hijo. La mulata Caridad, sí. Luego mamá se encargó de criarte como el primogénito salido de su propio vientre, por la voluntad absoluta de don José Calixto Herrera y Lastarria, hasta que nací yo.

El conde de O'Donnel aprieta el puño. Su respiración se agita.

—¿Imaginas un titular en el *Papel Periódico* que diga: El conde de O'Donnel, ¿un mulato ochavón? —se queja Calixto.

—Lo siento. La plática para mí, está concluida —Ana se levanta de la mesa, sin mencionarle a su flamante medio hermano un detalle muy significativo, de tamaño secreto. Considera innecesario hacerlo, pues confía en la buena voluntad de Dios.

—Ah, por último; sentiría mucho orgullo al vivir de tu dinero. No me quedan dudas de tu generosidad, Calixto. No obstante, y gracias a Jean Cristopher Nebel, mi difunto esposo, soy una mujer muy rica, y de tales referencias estás al tanto —afirma, mientras observa a su medio hermano, que no deja de pensar ni por un segundo, en lo sucedido anoche, después de la fiesta.

Vicenta viene a buscarla para ir de compras. Ana se mira ante el espejo del comedor, se coloca su sombrero, saco y bastón, ayudada por su dama de compañía. Calixto ni siquiera las ve marcharse. La condesa de Nebel será el comentario, al día siguiente, en la ciudad; algunos alabarán su osadía, los más liberales; pero la gran mayoría, que son conservadores, arremeterán contra ella por violar las buenas costumbres y la moral. *El Papel Periódico* le dedicará hasta una columna con caricatura incluida.

Matrimonios clandestinos

Colegio-Seminario de San Carlos y San Ambrosio. Espada, el Padre Juan y el Padre Pablo, llegan de la calle.

—¿Por qué no suspendió al Padre Anselmo de sus facultades como párroco? No entiendo, monseñor —pregunta Pablo.

—El Padre Anselmo nos servirá de vocero, hijos míos. No solo con la multa que le impondrá el alguacil por violar el Edicto de Campana. ¡En su iglesia estaba celebrando un matrimonio clandestino! Por tal motivo tenía la puerta cerrada, pero eso ya lo sabemos —explica el obispo.

—¿Y qué no sabemos, Monseñor? —vuelve a preguntar Pablo.

—Es un hombre muy astuto. Sus feligreses sienten adoración por sus prédicas y pastorales. Se cuidará mucho de cometer cualquier falta de ahora en adelante. Lo conozco muy bien. Le prometí que guardaría como secreto «su desliz» en lo de los matrimonios clandestinos. Él me juró que, si le daba una oportunidad, obraría como buen hombre de Dios y quiero creerle —confiesa el obispo.

—El matrimonio clandestino usted lo fustiga con ímpetu, Excelencia —afirma Pablo vehemente.

—Anjá. Debemos luchar por el matrimonio canónico. No podemos permitir que las parejas en concubinato sientan sagrada su unión, porque un párroco por un poco de dinero declare competente su relación ante la ley de Dios —Espada resulta categórico y enérgico en lo que comenta.

El padre Juan y el padre Pablo se miran cómplices. Espada no entiende.

—¿Me he perdido de algo hijos míos? —pregunta Espada.

—¡Es que lo que acaba de decir también lo sabemos, Excelencia! —acota Juan con la sonrisa de sus veintidós años.

Espada los señala con un dedo y se ríe. Los jóvenes también. Llega un edecán para anunciar que unos hacendados esperan por su Santidad. El obispo que no se acordaba de la cita, suspira resignado y ordena que los hagan pasar. Los jóvenes ayudantes del obispo se retiran discretos.

El conde de O'Donnel y varios hacendados saludan con respeto al Obispo de Espada que entra a su despacho. Todos permanecen de pie. El edecán que acompañó a los señores, se aleja hacia el interior del seminario. El prelado, cordial y afectuoso con los presentes, los invita a sentarse, más ellos prefieren quedarse de pie.

—Gracias por recibirnos. Espero que le haya servido la cuantiosa donación para su labor caritativa, Excelencia —con mucho tacto se expresa el conde de O'Donnel.

—Le agradezco mucho tan noble gesto conde de O'Donnel. Con ese dinero se van a reparar algunos inmuebles religiosos y escuelas públicas que están en muy mal estado. Sin embargo, debo aclararle, que la mayor parte de la financiación de este proyecto, sale de mi propio bolsillo, estimado señor.

Los hacendados se miran entre sí. O'Donnel sonríe incómodo. El obispo no ha perdido su tono cálido y conciliador.

—Hemos venido para hablar y llegar a un acuerdo entre caballeros, acerca del diezmo que la Santa Iglesia nos cobra a todos los hacendados, su Excelencia —refiere el conde pausadamente.

El obispo hace como si recordara algo.

—Lo lamento, pero no los puedo seguir atendiendo, caballeros. La próxima semana, el miércoles, continuaremos con la reunión. El obispo los despide cortésmente y los acompaña hasta la salida. Los hacendados se marchan consternados. O'Donnel, muy molesto, disimula con precario esfuerzo.

Minutos más tarde Espada mira en lontananza desde el balcón de su amplio despacho que da a la calle San Ignacio. Un loco, joven y delgado, camina de un lado a otro de la acera hablando y riéndose por lo bajo, lleva barba de varios días, luce poco aseado; dos chiquillos descalzos y macilentos le caen atrás y se burlan de él. Señoras encopetadas se persignan ante el orate y «no ven» a los niños que les piden limosnas. El loco toca el trasero a una de las damas, que aterrorizada se pone a dar alaridos y él sigue su camino como si nada. Los dos chiquillos juegan con otros de la misma ralea. El chiflado se sienta en la acera y se rasca la cabeza, mira hacia el cielo sonriente, ve al obispo parado en la ventana y lo saluda, como si lo conociera de toda la vida. El obispo lo saluda con cariño. El joven trastornado le hace señas para que le dé una moneda. El obispo le pide que se acerque, envuelve en un papel varias monedas y se las tira al orate que hábilmente las toma. Agradecido le ofrece a Espada su sonrisa desdentada y se aleja calle abajo. Espada, satisfecho a medias, contempla el cielo azul. Le gustaría tanto hacer más por los necesitados.

O´Donnel, una hora más tarde, llega a casa con muy mal semblante por la fallida reunión con Su Santidad Ilustrísima, luego de haber deambulado con sus socios hacendados sin encontrar una solución inmediata al diezmo, que todos abominan en secreto y ya ni tanto y que resulta una cuestión primordial que frena el desarrollo de la pujante industria del azúcar. Calixto se sienta en una de las butacas de la oficina y cavila. La servidumbre deambula en el primer piso en los ajetreos domésticos y Amalia con los niños visita a su familia en la finca de Managua. Una idea le bulle en la cabeza, va hasta el espejo con marco fileteado en oro que cuelga de una pared pintada por él mismo con cenefas y columnas romanas de púrpura intenso, contrastando con el fondo *beige*. El conde con suma calma se quita el chaleco de tafetán negro y la camisa blanca de holán impoluta; coloca ambas prendas en el respaldar de una silla, se revisa la cara y la parte superior del cuerpo con meticulosidad. Su cuerpo luce armonioso gracias a las prácticas de esgrima que toma metódicamente, cuatro veces a la semana, en la tercera planta de su mansión, donde dispuso construir un muy lujoso salón para tales propósitos, con losas de roble en el piso y espejos enormes, traídos de Italia, que fueron empotrados en las paredes. Calixto se da vuelta muy despacio con los ojos cerrados; al abrirlos: una mancha negra en la parte trasera de su hombro derecho se refleja en el espejo, él la observa conteniendo la respiración; casi que le saltan las lágrimas, inspira aire a borbotones y se angustia. En el mismo espejo aparece Caridad, una mulata verdaderamente hermosa, bañándose desnuda en una tina de madera. Caridad se limpia con esmero, restregándose con albahaca, flores de jazmín y otras yerbas olorosas, se enjuaga con agua abundante y se seca con una felpa amarilla. O'Donnel niño, escondido detrás de una gruesa columna, se come con la vista el cuerpo desnudo de la mujer, sintiendo que su miembro viril se entiesa por primera vez ante la belleza femenina. Caridad ríe muy divertida y comienza a vestirse. La rodea mucho azul de cielo y mucho verde de árboles y plantas.

—Ay Caridad, con lo rico que yo cocino y mira tú, tener una que morirse... ¡Vaya cosa! ji, ji, ji... la gloria la quiero aquí y no en un lugar del que no se sabe ná. Yo no conozco a nadie que haya regresao del más allá. ¿Qué? Ah, mis hijos todos tienen una mancha oscura en cualquier parte de su cuerpo. Fue lo único que les pude dejar. La mía la tengo debajo de una teta, pero no te la voy a enseñar. Tú eres muy socarrón, negrito.

La imagen de Caridad se desvanece del espejo. El conde abre los ojos sin quitar la mano de su hombro derecho. La mancha oscura parece como si doliera de repente; doliera mucho en la piel y en el estómago, que se colma de ansiedad y acidez y le devuelve a la boca un sabor desagradable e indescriptible, que el conde calmará luego mascando hojas y flores de manzanilla que restablecen de a poco su fresco aliento; sin embargo, el desasosiego se adueñará de su alma para siempre a partir de la mismísima hora que su imprudencia antecedida por el coñac le hiciera averiguar lo que nunca debió haber sabido. ¡Hijo de una negra! ¿Cómo no se dio cuenta antes? ¿De qué le han servido su astucia para los negocios, su inteligencia natural, su éxito en los salones más refinados de Europa, su apostura viril deseada por tantas mujeres? El mundo le ha cambiado de la noche a la mañana a Calixto Herrera y Abascal. Todavía no sale de su asombro. Pasará mucho tiempo para que logre entender lo inefable que es el destino. Si fuera creyente podría rezarle a Dios, pero Dios ostenta alianzas con los curas y obispos que le roban su dinero con impuestos y al Divino Señor no le preocupa en lo absoluto que un mulato bastardo, que parece blanco, ande en especulaciones existenciales y de raza.

Unas monedas

El loco con tres hogazas de pan, jamón y una cerveza, llega a sentarse en la acera de San Ignacio y Empedrado. Los chicos empiezan a molestarlo. Se acuesta en la calle a terminar su comida. Los caballos y los coches pasan por su lado. El joven sonríe feliz. En el despacho del obispo, sor Eusebia, la monja ursulina que cuidara del prelado cuando el vómito negro, espera sentada, junto a dos hermanas que la acompañan. Espada al verlas se sorprende.

—Buen día sor Eusebia, buen día hermanas. ¿Llevan mucho tiempo esperando, hijas mías?

Sor Eusebia besa la mano del obispo.

—No se preocupe Padre. No quisimos molestarle.

—Pensarán que soy un ocioso que se para en el balcón a contemplar la mañana.

—Monseñor, dicen que el ocio es el creador de las mejores ideas.

—Y de las peores también hijas mías. Eso puedes darlo por sentado.

—Me preocupa usted Excelencia: si el ocio es también el autor de las peores ideas, ¿qué hacía entonces contemplando la mañana?

—Precisamente, poniéndome en el lugar de los que piensan en las peores ideas para así arremeter contra ellos. También puedes darlo por sentado.

Sor Eusebia esboza una sonrisa. Las dos hermanas pestañean y también sonríen.

—Siempre tiene respuesta para todo, Padre.

Llega un edecán con un sobre para el obispo que lo abre y lee en un santiamén.

—¿Y por qué no me esperó? —pregunta Espada, sonriente.

El edecán se cruza de brazos sin saber qué decir, mientras aguarda paciente por la orden de retirarse.

—¿Tiene usted tiempo hermana?

Sor Eusebia asiente sin entender mucho.

—Acompáñenme. Quiero mostrarle algo —Espada también le hace señas al edecán. Todavía sostiene el papel en la mano.

Los cinco bajan por una escalera de piedra con barandas de cedro y se dirigen a la cocina, un lugar espacioso e iluminado en la primera planta donde cocineros blancos, negros y mulatos preparan el horno, vigilan las cacerolas con algún guiso, preparan los vegetales para el almuerzo y queda alguna que otra olla con agua hirviendo. Espada guarda el papel en su sotana, va hasta un armario, toma una caja de madera mediana y la abre, saca unos granos de café y los huele, haciéndolos pasar de una mano a otra.

—Son hermosos y están bien tostados —afirma el obispo conocedor.

Espada agarra de una mesa un molinillo y echa dentro los granos.

Uno de los cocineros se ofrece para molerlo, pero el obispo lo rechaza con un golpecito en la mano.

—Yo solo, quiero que las hermanas vean y aprendan.

Todos se ríen. Espada comienza a moler los granos, un polvo negro sale del molinillo y cae en un pequeño recipiente de cristal. Sor Eusebia observa al obispo, sorprendida. A las dos hermanas no les cabe en la cabeza que el obispo de La Habana participe de acciones tan mundanas, pero no comentan al respecto.

—Monseñor, ya está el agua hirviendo —exclama otro de los cocineros.

—Hermana, por favor, sírvame de ayudante. Sosténgame la vasija un momento.

Su Santidad toma un cucharón con el polvo del recipiente que sostiene sor Eusebia y echa una cantidad suficiente en la cacerola de agua hirviente.

—Ahora lo batimos bien… así.

Los cocineros tienen ya preparado otro recipiente, cubierto por una fina tela blanca. Espada levanta la cacerola hirviendo y la vierte en el otro recipiente.

—Lo pasamos por este paño de lino. ¿Entiende, ¿verdad? —Sor Eusebia asiente con una sonrisa plena y curiosa.

El obispo toma del fogón una brasa con una tenaza. La muestra a sor Eusebia y a las dos jóvenes monjas. Los cocineros se ríen divertidos.

—¡Y ahora mi secreto!

Espada hunde la brasa en la infusión con teatralidad. Minutos más tarde en la cocina, todos beben del aromático néctar en tazas de café servidas por el edecán.

—Delicioso. Qué fino aroma —exclama la religiosa.

—Hermana, me lo manda un amigo francés desde Tapaste. Tiene una hacienda por allá, y le va muy bien, gracias a Dios. La perdió una vez en Haití y aquí la recupera con creces. Un caballero muy emprendedor y obstinado.

Espada disfruta de la infusión y piensa en su amigo Jean Michel Saint Eve al que conoció en España en sus tiempos jóvenes y siempre fue un aventurero de tomo y lomo. La casualidad o el destino, los volvió a rencontrar hace solo unos meses.

—Me enseñó a preparar la infusión él mismo, las veces que ha estado en La Habana, hoy no ha podido esperarme y me ha dejado de regalo esta maravilla. Pero subamos que hay algo que debo entregarle.

Dejan las tazas encima de la mesa. Los cocineros y el edecán en un gesto espontáneo aplauden al obispo que sonríe, levantando los brazos.

—¡Qué viva el café de monseñor! —afirma el edecán y los demás lo secundan.

—¡Qué viva! —contesta Espada.

Sor Eusebia, el Santo Varón y las dos monjas se dirigen a las oficinas, dejando un ambiente relajado en la cocina.

Una algarabía proveniente de la calle hace asomar al obispo al balcón. Sor Eusebia y las dos religiosas lo acompañan. El chiflado yace herido en la calle, sus harapos manchados de sangre y la respiración que se le agita. Un coche lo ha atropellado. Los curiosos se arremolinan. Todos comentan, pero nadie hace algo. El loco se queja. El Padre Juan se nota entre los espectadores. Espada le hace señas para que tome su carruaje y lleven al herido. Juan asiente. Una volanta amarilla de persianas verdes llega veloz, el cochero y Juan cargan al joven. La multitud arremolinada cede el paso. La volanta se marcha. Espada entra a la oficina, preocupado.

—Yo mismo le di unas monedas hace un rato. No pueden andar a la deriva, sin techo, ni comida, sin destino. ¡Pobre hombre, cuánto lo siento! —se apena el obispo con sinceridad cristiana.

—Qué Dios lo bendiga siempre monseñor.

Espada se sienta notablemente preocupado.

—Perdone usted Excelencia, pero me dijo hace un rato que debe entregarme algo.

Espada va hasta un armario de caoba lo abre, saca una bolsa de tamaño mediano y se la entrega a sor Eusebia.

—Con ese dinero podrán abrir un colegio en seis meses. Manténgame al tanto.

Sor Eusebia besa la mano de Espada en muestras de gratitud. Ha sido la cuantiosa donación que O'Donnel le entregara al obispo, apenas llegó a Cuba. Detrás de una ventana alguien escucha la conversación. Las dos religiosas no saben si llorar o reír.

Amigos del País

El salón de reuniones de la Sociedad Económica de Amigos del País luce repleto a las nueve de la mañana a fines de octubre de 1802. La directiva en pleno se reúne con el obispo de La Habana que rige la Sociedad como director plenipotenciario; el doctor Tomás Romay como socio numerario y cofundador de dicha entidad, se encuentra entre los presentes. En la sala reina un silencio total.

—Ustedes me eligieron para que tomara las mejores decisiones en beneficio de la comunidad. Lo que hoy nos ocupa es un asunto realmente vergonzoso y no encuentro otra forma de decirlo.

Espada habla con absoluta firmeza, pero no lo dejan terminar. Murmullos que aumentan con comentarios en desacuerdo. El prelado mira uno a uno de los presentes hasta que la sala vuelve a la quietud inicial.

—Pues lo repito estimados señores: la Casa de Beneficencia, la de Expósitos y la de Recogida se encuentran en un lamentable estado, apenas sobreviven y de aquí no salimos hasta que lleguemos a un acuerdo para cambiar esta situación de manera inmediata, enfatiza el Santo Varón.

Los presentes se miran entre ellos y miran a su director plenipotenciario. Algunos se rascan la cabeza, otros alzan los hombros en señal de no saber. Uno de los miembros levanta la mano con entusiasmo. Espada le da la palabra.

—Excelencia, como las tres organizaciones están ligadas a la Iglesia podemos servirle de apoyo para juntarlas; como bien usted dice apenas sobreviven y si las une tendrían más fuerza y además se ahorrarían sueldos —aconseja el señor Salabarría.

—Como cofundador de la Casa de Beneficencia, yo seguiré trabajando y sin sueldos por los pequeños. Las obras de piedad se recomiendan ellas mismas; y del modo más enérgico nos recuerdan las obligaciones del hombre, del ciudadano y del cristiano. Cuente con todo mi apoyo monseñor para lo que se le ofrezca —asegura Tomás Romay con el entusiasmo que le caracteriza.

—¿Entonces qué piensan de la propuesta, estimados señores? —inquiere el director de la Sociedad, mueve a su vez la cabeza para agradecer al doctor Romay por su apoyo.

La asamblea, excepto uno de los miembros, levanta la mano. Espada con la mirada pregunta qué pasa. El señor Salabarría va hasta donde el obispo y le comenta en voz baja al oído. Espada asiente con calma.

—Aprobada la iniciativa casi por unanimidad. Por suerte ya sé por qué uno de los nuevos miembros de esta noble junta no entregó su voto —dice Espada, enigmático.

La junta se ríe, hasta el mismo que negó su voto. Otro de los miembros le grita al oído y raudo levanta la mano y su cuerpo en señal de acuerdo. La asamblea lo aplaude a rabiar. Espada se ríe con discreción. El aludido, un hombre joven y atractivo, hace señas de que es sordo de cañón.

La cárcel

Días después, en la cárcel de la ciudad de La Habana, los presos toman aire en un recinto vigilado por guardias a quienes no les importa lo que sucede entre ellos. Los reclusos se notan mustios, ajados, macilentos. Algunos juegan a las barajas, otros sencillamente toman el sol. En una esquina dos o tres golpean a uno con mucho disimulo. Lo dejan en el suelo, magullado y se van a otra parte. Los guardias ni se dan por enterados. El hombre golpeado tiene vendas en los brazos y en los pies. Ni se le ve la cara. El ambiente huele pésimo y reina la suciedad. Espada, sor Eusebia, la condesa de Nebel y Martínez, el jefe de la prisión, conversan en una esquina alejados del sol. El obispo lleva su sombrero de pajilla y cinta, de ala ancha.

—Martínez, entiendo su punto de vista, pero solo hay que mirarlos. No se olvide que también son hijos de Dios. Las condiciones en las que viven dejan mucho que desear —asegura Espada con indignación.

—¿Qué quiere qué haga Excelencia? —pregunta Martínez con la desidia de cualquier empleado de gobierno en cualquier época.

—Martínez, los delincuentes no purgan aquí sus delitos, sino que los aumentan en esta escuela de malvados. He escuchado unas historias terroríficas —ataca Espada mientras recorre el lugar.

—Con el mayor respeto, pero no crea todo lo que le digan, monseñor —se defiende Martínez como puede.

—La Sociedad Económica de Amigos del País la cual presido, aportará algunos fondos y ustedes como policías, pondrán el resto para mejorar este lugar, e incluso se podría instituir un premio al que demuestre completamente en un estudio el mejor modo de mantener a los presos en la cárcel. ¿Qué le parece? —explica el obispo con énfasis.

—¿Y de cuánta cantidad estamos hablando para el premio Excelencia? —Martínez al oír hablar del premio comienza a sudar. Trata de no perder la compostura.

A Martínez nadie le presta atención.

—Voy a ser la madrina de este lugar. Mis ideas pueden ser útiles, estimado Padre. Poseo alguna experiencia en el funcionamiento de sitios como este. En Francia, mi difunto esposo y yo proveíamos al ejército en vituallas —expresa la condesa decidida.

Espada y sor Eusebia se sorprenden.

—¿Pero su hermano no se opondrá? —alega sor Eusebia.

—¿Por qué habría de oponerse? Anda muy ocupado en sus asuntos.

A sor Eusebia una idea se le cruza por la mente, pero no se atreve. Baja la vista y mira sus pies. La pregunta le brota espontánea.

—Hija mía, por lo que le escuché debo entender que usted trabaja. Perdone mi indiscreción, pero siendo usted una mujer tan rica…

La condesa agarra al vuelo el pensamiento de la religiosa.

—Atiendo directamente las finanzas en los negocios de mi difunto esposo, sor Eusebia. Su administrador y hermano en seis meses le robó cien mil francos y aún él vivía. Entonces, como me gustan tanto las matemáticas decidimos que yo me ocuparía de tales apremios, que además de alejarme del aburrimiento, ejercitan mi mente y refuerzan mi espíritu —comenta la condesa sinceramente.

El rostro de sor Eusebia adquiere una expresión de vergüenza tal, que la condesa le brinda la mejor de sus sonrisas. Le resulta familiar el rostro de la religiosa a la distinguida dama, pero no recuerda de dónde. La condesa de Nebel mueve su abanico de nácar con garbo. El calor aún en octubre se hace notar.

Espada de repente se vuelve. Alguien lo ha llamado por su nombre de pila. Va hasta donde se encuentran los reclusos y descubre al demente, al que hace algunos días él le diera unas monedas, el joven lleva vendas y luce muy golpeado.

—Señor Juan José, ¿cómo está? —pregunta el chiflado, feliz.

—Pues muy bien hijo mío. Supe que hace días te atropelló un coche y que te escapaste del hospital.

El joven se rasca la barba y se ríe, muestra la palma de su mano para que el obispo le dé unas monedas. La sangre le mana de una ceja cubriéndole una parte de la cara.

—Saque a este hombre inmediatamente de aquí Martínez. Llévelo a la enfermería, dele un buen baño y ubíquele ahí una cama permanente. Encárguese de que sus propios guardias lo cuiden más que a ellos mismos. Estaré al tanto de él. Es inofensivo —ordena el obispo.

Martínez hace señas a unos guardias que con extremo cuidado conducen al preso. Espada va al lado de él.

—¿Cómo sabes mi nombre de pila, hijo mío? Nadie me llama así.

—Yo también me llamo Juan José —el perturbado se ríe, se rasca la barba y encoge los hombros.

Espada pasa su brazo alrededor del cuello del joven, quien recuesta su cabeza en el hombro del prelado y cierra los ojos; ambos continúan la marcha. El obispo presiona con su dedo pulgar la ceja del loco. La sotana de Espada se mancha de sangre.

—Juan José Díaz de Espada y Fernández de Landa, así me llamo —replica el orate como un estribillo.

Martínez mira con desagrado la situación en la que se ve envuelto, mientras sor Eusebia y la condesa observan conmovidas y respetuosas lo que sucede. Espada sonríe. La sangre del joven gotea la tierra.

El lunar

La oficina del conde de O'Donnel se ubica en el primer piso de su vivienda donde atiende las transacciones del azúcar, del tabaco y de múltiples negocios; entre ellos el de préstamos a hacendados como él. Contaba veintitrés años cuando por iniciativa propia —y los contactos de su padre— administró el dinero que mandaba desde México la metrópoli, para la construcción de barcos; entre otras cosas. Estos desembolsos extraordinarios fueron conocidos como «situados». Fue un negocio redondo, pues no había intereses, ni pagos de capital. O'Donnel que ya era rico hizo mucho, pero mucho dinero. Un esclavo joven, mulato de ojos verdes, vestido con una camisa sin mangas, toca a la puerta. Lleva una carta en una bandeja de plata.

—Entra —ordena el conde.

El esclavo pasa, deposita la bandeja en una mesa y espera la señal del amo para retirarse.

—¿Tú quién eres? ¿Regla Merced dónde está? —El conde lo mira de arriba abajo y casi se enfurece.

—Soy Domingo, mi amo. Vine hace poco del ingenio pa' arreglar los techos que usted mandó… a arreglar.

El conde asiente, pero no le quita la vista de encima. Es la primera vez que se encuentran desde que eran niños y jugaban juntos en la finca con la anuencia de su padre, amante y gozador de esclavas negras o pardas. El joven solo mira al piso.

—¿Qué haces trayéndome la correspondencia, entonces? Te pregunté por Regla Merced.

—Ella anda mal del estómago, mi amo. Es mi prima y me dijo que la perdonara por no venir ella y me pidió que le trajera la carta. Con su permiso mi amo.

—Ya, puedes retirarte.

El esclavo va hacia la puerta. El conde no le quita la vista de encima. En el hombro izquierdo del mulato hay una mancha exacta; igual a la que el hacendado sufre en su hombro derecho. La cara de O'Donnel se descompone al descubrir lo inevitable en el esclavo y recuerda la voz de la parda Caridad, desnuda bañándose en el patio de la hacienda de Jaruco. En aquel momento no entendió a cabalidad el significado de sus palabras, pero ahora sí; desde hace unos días la voz de Caridad se le ha convertido en una obsesión. El conde respira con agitación. Va hasta la cochera donde supone que debe estar el mulato Domingo y lo encuentra cargando las herramientas de carpintero. O'Donnel le quita a uno de sus cocheros la fusta para azotar caballos y golpea a Domingo, apretando duro los dientes, gritándole que le diga qué es lo que sabe, qué es lo que sabe, qué es lo que sabe y se le va la voz al conde. El mulato atina nada más a cubrirse el rostro. La servidumbre de la casa aterrada y enmudecida no pierde de vista la escena. La sangre empieza a brotar de la espalda, el pecho, las manos y los hombros de Domingo que no se queja, tirado en el piso, pateado por su hermano de padre y madre, con blanca apariencia y mejor suerte. De repente, el esclavo se levanta de un tirón y toma la fusta del conde, la enrolla entre sus manos y con la boca ensangrentada por los golpes le dice en un susurro: «Aunque me mate yo no tengo la culpa y no me importa gritar su secreto señor O'Donnel. No me importa».

Calixto vuelve a la realidad. Deja la fusta en manos de Domingo. Mira a su alrededor y se aleja de prisa. Trotón, un caballo árabe de pura raza relincha y comienza a patear al aire. Es el favorito del amo. Calixto llega hasta su despacho jadeando, se sienta, se toca las sienes con las manos ensangrentadas por la golpiza, expulsa el aire con fuerza de sus pulmones, se relaja hasta que la respiración se le normaliza, y toma la carta de la bandeja, la rompe y mientras lee, su cara va de la seriedad más absoluta hasta la otra rabia. Una rabia con sabor a triunfo clerical.

—¿Cómo que suspende la reunión otra vez? ¡Obispo de la mierda! —musita O'Donnel, apenas sin voz y se sienta en otra silla, cerca de un espejo y entrecierra los ojos, agitándose nuevamente.

Don Tomás Romay

Han pasado dos años y 1804 corre con sus segundos, minutos, horas, días, meses, en un tic tac irreversible. En la consulta del doctor Tomás Romay, el propio científico examina los brazos de una mulatica de ocho años aproximadamente, criada de una amiga de la señora Antonia García, quien es oriunda de Santo Domingo y viene acompañada por su hijo de nueve años. Son las siete de la mañana. El doctor observa el grano de la mulatica el cual tiene una figura que él jamás había visto en otro alguno, pero este se corresponde con la descripción de los vacunadores y con el diseño que presenta en los numerosos estudios que el propio Romay ha investigado. El doctor extrae con jeringuillas traídas de Francia para tales menesteres, la sangre y el pus del «grano vaccino» que coloca en frascos debidamente higienizados.

—¿Qué tal Puerto Rico doña Antonia? —pregunta el médico.

—Pues, no lo sé doctor. Mi amiga María llegó antier en la tarde y estuvo buscándolo por toda la ciudad. Incluso yo misma vine ayer y le esperé muy largo rato; su esposa doña Marina quiso hasta invitarme a comer, pero usted no llegaba y la misma doña me encargó que viniera en persona a verle a estas horas de la mañana. ¿Las vacunas prendieron, verdad?

—Sí, y se encuentran en perfecto estado de supuración.

Hablan de María Bustamante, de su hijo de diez años y de dos criadas de la misma dama, de seis y ocho años respectivamente a quienes la propia señora Bustamante hizo vacunar el primero de febrero en la Aguadillas, Puerto Rico a las doce del mediodía y luego al día siguiente zarparon hacia La Habana. Demoraron ocho días en atracar en la bahía y todos los «granos vaccinos» estaban en perfecto estado de supuración, los cuales empezaron a formarse cuatro días antes sin causar daño a ninguno de los chicos.

Don Tomás vacuna al hijo de Antonia García y en cuanto despide a la buena mujer inmediatamente, también lo hace a treinta y una personas más de diferentes edades, sexos, razas y condiciones sociales. Los inmuniza contra una terrible epidemia.

Las iglesias no dan abasto para enterrar a tanto cadáver. En La Habana han fallecido 1390 adultos y 1309 párvulos. Una verdadera calamidad. La viruela ordena y manda.

En el Protomedicato de La Habana, a dos días del encuentro de don Tomás Romay con Antonia García, se observa una sala atestada de gentes. Algo poco usual en un lugar dedicado exclusivamente a examinar a los futuros médicos por parte de un tribunal calificado y a patentar las recetas médicas. El recinto reluce por la limpieza. Se ha corrido el rumor que la vacuna del doctor Romay es falsa y la ignorancia hizo el resto. Gente inescrupulosa y desconocedora extrajeron el pus a los niños llegados de Puerto Rico un día después que Romay lo hiciera y por ende las vacunas no surtieron el beneficio esperado. Algunos se persignan horrorizados. Tomás y Pedro María, los hijos de don Tomás, se muestran tranquilos y confiados. Espada los bendice y los abraza, manteniéndolos a su lado.

—La vacuna fue un regalo de Dios ante la terrible epidemia y aquí está el doctor capaz de curarla queridos míos. A Tomás Romay le cuestan los discursos, pero yo personalmente le he pedido, le he rogado que hable con ustedes —afirma Espada con la mejor de sus sonrisas.

Tomás Romay en un gesto involuntario se sacude el polvo inexistente de su chaqueta, carraspea la garganta y se dirige a la audiencia, mayoritariamente blanca y de clase media alta. Con un fino pañuelo de holán seca el sudor de su frente.

—Queridos ciudadanos, el cielo no me ha dispensado el don de la palabra, ni poseo el arte de enternecer y persuadir;

sin embargo, la urgencia por la vida de todos nosotros me obliga a pedirles que me escuchen. Mi nombre es Tomás Romay. Muchos me dicen «Doctor Romay» y mis amigos Tomás, a secas. ¿Qué contarle a la gran mayoría de ustedes que no me conoce? Pues, fui el primero de dieciocho hermanos. Me crió Fray Pedro de Santa María Romay, del Convento de los Reverendos Predicadores, un tío paterno muy querido, quien me hizo amar esta profesión que ejerzo desde 1791. Me llena de orgullo ser el trigésimo tercer graduado de medicina en Cuba. Unos señores que están allá, detrás, me han preguntado si soy el mismo Don Tomás Romay y Chacón quien fundó junto a Don Luis de las Casas, hace muy pocos años *El Papel Periódico*. Con la premura no pude responderles a estos señores: Sí, soy yo mismo. Pero no he venido aquí para hablar de mí, ni de mis logros. Hoy también me acompañan colegas médicos para testificar y evaluar mis acciones. Para lo que voy a hacer, cuento con la anuencia y la bendición del Obispo de La Habana, la de mi esposa y madre de mis hijos, doña Mariana González y por supuesto espero contar también con la de nuestro Señor Jesucristo. Ante la negativa de ustedes, queridos habaneros, de aceptar la vacuna contra la viruela inocularé a mis propios hijos, Tomás de ocho años y Pedro María de seis, para probar los efectos inmunizantes del medicamento.

Los asistentes miran estupefactos la frialdad con la que el médico inyecta a sus hijos. El silencio neutraliza cualquier preocupación, cualquier interrogante, cualquier ignorancia. Inmediatamente después, Espada entrega su brazo para que el médico lo vacune. La algarabía se adueña del lugar y la consternación. Una vez inyectado, el obispo vuelve a su lugar. Entonces una mujer muy elegante con un niño en brazos se acerca a don Tomás para que los inmunice. El obispo apoya al doctor Romay bendiciendo a la mamá con su bebé. Ahora las gentes hacen fila para recibir la vacuna gratis y la bendición de Espada. La enfermedad ya tiene remedio, pese a la reticencia e ignorancia de muchos. *El Papel Periódico* se hizo eco del éxito de dos hombres tenaces que pagaron de sus bolsillos la primera campaña de vacunación en la isla. María Bustamante por su contribución recibirá 300 pesos por parte de la Sociedad Económica de Amigos del País.

«Vacuna» viene del latín *vacca*, así fue cómo bautizó Edward Jenner en 1798 a su descubrimiento, que permitió salvar la vida de millones de personas que morían en la mayoría de los casos, o sobrevivían con marcas en la piel o quedaban ciegas de una enfermedad que no conocía fronteras, ni de razas, ni de géneros, ni de estratos sociales. Una enfermedad que convivió con la raza humana durante miles de años y que las vacas la padecen también sin provocarles la muerte; algo que el famoso científico inglés descubrió casualmente. Y nuestro Tomás Romay no pudo conseguir *pus vaccino* en la ciudad de San Cristóbal de La Habana. El doctor anda muy ocupado salvando vidas. La trascendencia de su hazaña se conoció gracias a su metódico registro de cuánto hacía en el día. Alguno de esos cuadernos los imprimía y luego compartía sus experiencias con los colegas.

Reforma agraria

El 19 noviembre de 1803, se embarca el Obispo de Espada en la primera visita pastoral por su diócesis, lo acompañan fray Hipólito Sánchez Rangel y una amplia comitiva que integran un médico cirujano, varios colaboradores y secretarios del prelado. Recalan en Jesús del Monte como primera parada. La iglesia tiene por patrono en el altar mayor a Jesús Nazareno con una oveja sobre sus hombros. Este pueblo queda a una legua de la capital, se hospedan durante cinco días en una casa del señor Correoso, arcediano de la propia Habana, luego van al Calvario, a tres leguas de la ciudad, con no más de sesenta casas y alrededor de 600 vecinos negros y blancos, diseminados por aquellos hermosos campos; después conocen dos puntos de bastante altura bautizados como las Tetas de Managua, allí contemplan el paisaje que los sobrecoge por su belleza e inmensidad; La Habana y otro pueblos se observan desde aquí; el sitio además sirve para el arreglo de los navegantes por verse el mar desde lo alto. Espada en todo el trayecto da misas, bautizos, confirmaciones, amén de observar la docilidad y costumbres inocentes de los campesinos; incluso financia de su propio bolsillo la reconstrucción de los templos cristianos al percibirlos en un estado calamitoso, se interesa además por la producción de cada lugar, la mano de obra, la cultura, la salud, la población en general. Valora las condiciones de vida de los ricos y de los pobres. También es capaz de multar a curas y a sacristanes por el mal cuidado, la suciedad y abandono de los santuarios.

En realidad, Su Ilustrísima hace un catastro de la diócesis para ver cómo puede implantar sus ideas de orden e ilustración y mejorar la presencia de la Iglesia en cada zona. El Obispo de La Habana, tiempo después, redactará un acucioso informe sobre la situación económica en la parte occidental de la isla, que a la larga sería la primera propuesta de reforma agraria en Cuba, que nunca pudo llevar a cabo por los vaivenes políticos de la metrópoli que afectaban directamente a la colonia.

Más allá de sus preocupaciones sociales y religiosas, que las hubo, en esta visita pastoral, Espada monta a caballo en Jibacoa durante una legua para visitar la playa y camina descalzo por la arena, con la sotana arremangada, mete los pies en el agua cálida y azul, e invita a sus colaboradores para que hagan lo mismo. En otros lugares cazó pájaros, durmió en bohíos infestados de ratas, padeció frío y notó, por encima de cualquier propósito, la pobreza de la gente en el campo, con sus casas miserables de guano y cujes, o de yaguas.

San José de Las Lajas, Santa María del Rosario, San Miguel del Padrón, Guanabacoa, Guanabo, Tapaste, Jaruco, Bainoa, Ceiba Mocha, serán los tantos pueblos y villas visitados por Espada en su volanta amarilla de persianas verdes. Su estatura de seis pies, su energía inquebrantable, amén de una generosidad extrema, irán formando entre los feligreses eso que algunos llaman devoción y otros respetos.

¡Válgame Dios! ¡Qué admirable es Dios! ¡Qué prodigiosa y llena de arcanos es la naturaleza! Frases como estas exclamaron una y otra vez los integrantes de la comitiva al contemplar las cuevas de Bellamar, en Matanzas. Allí hubieron de confirmar a 3000 personas entre blancos y negros y supieron de los treinta y tres ingenios y las muchas estancias de la zona.

En algún pueblo tomaron leche al pie de las vacas, o recorrieron más de dos leguas por lo pedregoso de aquel o más cual camino, bastante molesto para el carruaje. En Villa Clara encontraron a uno y otro lado de la vía siembra de trigo, siendo estos los únicos pobladores en la isla que se dedican a tales faenas, por demás con una producción muy escasa y endeble. Se asombraron del olor balsámico que emanaba de uno de los caseríos visitados y descubrieron que procedía de la infinidad de flores, yerbas aromáticas, naranjos, café y todo género de árboles, que sus moradores cultivan cual frondoso jardín. El cirujano que viaja con el grupo ha vacunado a ochenta pobladores contra la viruela, a la cual le temen con espanto. Son capaces estas buenas y sencillas gentes de abandonar el pueblo y retirarse al campo solo de saber que hay un virulento. Así arriban el obispo y su comitiva a Sancti Spíritus «con un calor inaguantable, y subiendo y bajando lomas por entre montes y vadeando algunos arroyos»; llegan hasta un palacio donde toman un refresco de bienvenida y los espera una orquesta con música muy agradable, luego se acomodan cada uno en sus habitaciones. La casa donde se alojan es del cura don Ignacio Venegas. Al día siguiente, luego de las actividades de costumbre, se juntó el clero, el cabildo secular y la oficialidad en una mesa que pudo llegar a cincuenta cubiertos, también acompañados de música: contradanzas, minués y otras piezas de buen gusto. Los secretarios del obispo constataron en actas que hay seis iglesias, dos parroquias y las demás auxiliares y pasan de 20 000 almas los moradores de estos predios. Aquí estuvieron un mes completo, Espada realizó quinientas confirmaciones, pero interrumpen la visita abruptamente, regresando a La Habana con prisa. Los esclavistas cubanos consiguieron un as bajo las mangas, un as enorme que utilizan con precisión clasista. Hay demasiadas cosas en juego y Su Ilustrísima, lo sabe a cabalidad.

La vendetta

1805. Oficina del conde de O'Donnel, quien deja la puerta entreabierta al llegar de la calle, se quita el sombrero y desabotona su chaleco de raso *beige*, estampado con hojas verdes pequeñas y se sienta, ojea el periódico, lo deja, se levanta, va en busca de un libro a su biblioteca, lo encuentra, pasa frente a un espejo enorme, se queda mirándolo, se toca la cara, el cabello, pega la cara al cristal y cierra los ojos.

De repente, una melodía exquisita llega a sus oídos. Calixto presta atención a la música y a la perfecta ejecución del artista. Hasta sonríe, no es mueca, ni rabia, sino risa de goce ante la belleza intangible de una escala de compases magistrales. El conde va de su oficina ensimismado con el sonido que se acrecienta a medida que llega al lugar de procedencia. Abre la puerta del salón y ahí, de pie, su hijo varón que a la sazón cuenta cinco años, con los ojos entre cerrados y un violín al que le sale música de Mozart. Calixto Guillermo está vestido como en los retratos, con camisa de color blanco, cuello alto, puños cerrados y más holgados en la zona de las mangas. El pantalón está sujeto al zapato mediante ligas. Calixto lo contempla arrobado durante unos segundos y al instante agita sus aristocráticas manos en un aplauso cerrado.

Calixto Guillermo se sobresalta; el aplauso queda trunco en la tarde. El niño suelto el violín que cae al suelo, dando dos vueltas furiosas que le hacen quebrar las cuerdas para yacer a cinco centímetros de su papá que lo mira sin entender. Calixto Guillermo no suelta de sus manos el arco del violín y la mirada no se atreve a levantarla del suelo.

—¿Te asusté, mi pequeño valiente? Espero que me disculpes. Tú música me ha sorprendido y tu talento también. No te preocupes por el violín que lo mandamos a arreglar, ¿sí?

Calixto Guillermo no se mueve del piso. Su padre va hasta él y lo carga, acercándolo al balcón que da a la calle Aguiar donde sopla una fresca brisa marina. Calixto le muestra a su hijo algunos barcos de mediano y gran anclaje varados en la bahía habanera y la manera en que se construyen. Una bandada de gaviotas revolotea en línea perfecta sobre los galeones. Calixto Guillermo presta atención y le sonríe a su papá; de tanto en tanto echa una mirada al violín herido que reposa con las cuerdas desparramadas.

Regla Merced entra al salón de música, Calixto Guillermo la ve, se baja de un tirón de los brazos del padre con el arco del violín en las manos y se le abraza a la falda. Regla Merced lo recibe con una sonrisa y arrumacos en el pelo. Le tiene preparado arroz con leche, aderezado con dulce de coco porque sabe que a él le encanta.

Calixto inclina la cabeza y le hace señas con las manos a la esclava para que recoja el violín y lo ponga a buen recaudo. Regla Merced obedece inmediatamente con Calixto Guillermo detrás de su saya riendo y chiflando una melodía que a la negra le hace dar pasitos cortos de baile.

El conde se dirige de nuevo a su oficina en el primer piso, se sienta y ojea el *Papel Periódico* con atención en las noticias culturales. Pero el espejo le ofrece una inquietante pregunta que él no es capaz de responder, sin meditar se acerca hasta donde el caro cristal lo refleja de pies a cabeza, cautelosamente pega el rostro, tanto que el espejo se empaña de su hálito. La condesa de O'Donnel, sin avisar, trae una carta en la mano. El conde despega su cara del espejo, ve a su mujer, a través del mismo y se sorprende.

—No te sentí llegar.

—¿Narciso mirándose al espejo? Y después se enamoró de él mismo —dice con total inocencia Amalia y sonríe con recato.

El conde muy serio le echa un vistazo a su esposa durante largos segundos. Amalia no entiende el porqué de su percepción inquisitiva.

—¿Qué viste cuando estaba recostado al espejo?

—Vi a un caballero exitoso, atractivo, con cierto temor en la mirada, que sin embargo no le hace perder su aire distinguido y arrogante —Amalia no sabe qué más decir. La situación le resulta incómoda.

—Te dejé una carta en el escritorio —agrega Amalia, cruzando las manos en su vestido de tul y organza.

—¿Ves a un hombre blanco? Es lo que quiero saber —Calixto está a punto de cuestionarla, pero se arrepiente. Una pregunta de este tipo trastornaría a cualquiera y más a una joven que poco o nada sabe de fornicación con pardas donde salen hijos que parecen blancos, pero no lo son. No lo son.

El conde juega con la leontina de oro de su reloj de bolsillo fabricado en Suiza para alejar sus pensamientos inoportunos.

—¿Por qué el profesor de violín no vino a la clase? Calixto Guillermo estaba solo en el salón de música.

—Mandó disculpas con un mensajero. Su mujer está de parto. A tu hijo le encanta tocar el violín sin que nadie lo moleste y me lo ha hecho saber de manera muy precisa. ¿A quién se parece? —comenta Amalia, risueña, alejándose de la oficina.

Calixto deja a un lado su idea fija con la sangre mezclada, va hasta el escritorio, ve el sobre sin remitente, piensa. Lo abre con mucha cautela y lee. La cara se le ilumina y ríe con asombro.

... en la que se exceptúa del pago de los diezmos a los nuevos ingenios azucareros, a la par que congela el monto de los viejos en una cantidad fija sobre la base de la producción de 1804. Real Cédula emitida en Madrid el 12 de abril de 1804.

¡Por fin, obispo de la mierda! *La vendetta e' un piatto che si serve freddo.*

Secreto del conde O'Donnel

Secretaría del Obispado. Junta de Diezmos encabezada por el Obispo Espada. Lo acompañan mucho de sus colaboradores; entre ellos el padre Juan y el Padre Pablo.

—Resulta doloroso e impermisible que los hacendados criollos participen en la Junta de Diezmos. Su avaricia ha vencido. Debo reconocerlo —habla el obispo con resignado enojo.

—Pero no hay nada que podamos hacer. Es una orden del rey para que ellos participen en nuestras reuniones, Excelencia —acota el padre Juan.

—Sienten que ganaron una batalla porque los nuevos ingenios no pagan el diezmo. Lo de participar en las reuniones es pura fanfarronería. Si los conoceré yo —explica el Padre Pablo.

—Ya verás. No soy hombre a quien puedan amedrentar tan fácilmente —afirma Espada.

El conde de O'Donnel y docena de hacendados entran al local con la arrogancia que los caracteriza. El obispo inmutable, les da la bienvenida. El conde le besa la mano. La cara de Espada refleja una determinación.

Esa misma noche en las habitaciones de los O'Donnel, en el ala derecha de la última planta que da a la bahía de su regia mansión, Calixto bocarriba, jadea y besa en la boca a Amalia que tímidamente se deja hacer. Amalia viste un ropón violeta de seda, bordado con hilos de plata intenta con suavidad femenina quitarle el camisón a su esposo, pero Calixto se resiste. No es la primera vez que esto sucede. Amalia últimamente no entiende los arrebatos de ira de su esposo, a quien ama con locura, aunque cumple su rol de mujer obediente, sumisa, y por ende no le preguntará. Nunca se han visto completamente desnudos. Calixto termina su rutina sexual, dejando a Amalia insatisfecha y adolorida; él se viste, toma un candelabro y baja hasta la cochera. Se escucha el silencio de la madrugada. El conde enciende tres velas de tamaño mediano dándole así una tenue iluminación al entorno, le echa alfalfa a su mejor caballo, el pura sangre árabe de nombre Trotón, que se deja rozar la cola por su dueño, mientras orina. Calixto le dice cosas tiernas en la oreja y con habilidad lo amarra para que no se mueva. Ahora empieza a acariciarle los testículos. El caballo come alfalfa y resopla. Calixto se agacha debajo del vientre de su animal favorito, con las dos manos lleva adelante y hacia atrás el gran sexo de Trotón, cada vez más fuerte, cada vez más fuerte hasta que el semen caballuno inunda vigoroso las manos y los brazos de su amo. Trotón relincha, Calixto de un salto sale debajo del vientre, le roza la cola y le habla bajito en la oreja. El conde se quita el camisón, quedando completamente desnudo, su cuerpo es armonioso, atlético y se masturba mojándose la cara, los brazos y el torso con semen animal; de repente arquea su cuerpo hacia adelante, pegándose contra la pared de la cochera, levanta la planta de los pies apoyándose con los dedos hasta eyacular; entonces también resopla aliviado, feliz como Trotón. Amalia observa desde la penumbra azorada, sin saber qué pasa. Pero esta vez tampoco hará preguntas. Subirá las escaleras escasamente iluminadas; sin hacer ruido se acostará y fingirá que duerme cuando llegue su esposo media hora después, oloroso a albahaca, jazmín y otras yerbas aromáticas. Entonces recordará que ese olor que tanto le gusta de su amado siempre lo lleva después que terminan de hacer el amor y se pregunta si lo que vio esta noche, ocurrió por primera vez y tiembla de vergüenza. Lamentará luego durante mucho tiempo haber visto a Calixto en una situación indescriptible y llorará sin poderle contar a nadie sus penurias y odiará a Trotón.

Y así llega el amanecer en la mansión O'Donnel donde todos duermen excepto Amalia. Un toque en la aldaba de la puerta estremece a la esposa de Calixto, que se viste de prisa y baja a ver quién procura tan temprano. De una volanta desciende Ana María Herrera y Abascal con ropa de hombre, fumando tabaco, le sigue Vicenta, la negra joven a la que ella compró y le dio la libertad. El cochero baja algunas maletas de viaje. Llegan de Paris. Los escasos transeúntes de esa hora mañanera van a sus acostumbradas actividades. La condesa de Nebel entra a la casa, se quita el sombrero, lo deja en una silla. Amalia queda deslumbrada al ver a su cuñada quien la saluda afectuosa y con una inclinación de cabeza, se aleja al interior de la residencia; yendo hasta la cocina por una taza de café amargo, lo único que le pide el cuerpo a esta hora del día. Amalia en un impulso toma el sombrero de su cuñada, se mira al espejo que cuelga al lado de la puerta durante largos minutos; tímida, busca los ojos de Vicenta en señal de aprobación. Vicenta sonríe quedo, tapándose los labios, sin saber qué decir. La condesa vuelve y al ver a Amalia con el sombrero puesto y desencajado se ríe, y ríe, haciéndole reverencias galantes a la también condesa de O´Donnel que no sabe cómo disculparse. Ana María siente mareos y se acomoda en una silla, suda copiosamente. Vicenta se le acerca para auxiliarla. Calixto Guillermo y su hermana se han despertado con el alboroto y bajan las escaleras como reguiletes risueños. Ana María contempla a sus sobrinos tan grandes que los aprieta en su pecho con dicha infinita. En un sumo esfuerzo se quita del cuello la cadena de oro con el pequeño crucifijo de zafiros y se lo regala a Marta María, que agradece feliz y se agarra al vestido de su añorada parienta, que siempre le manda versos cuando escribe desde Francia. Vicenta busca entre el equipaje una caja forrada de azul, de tamaño considerable; se la entrega a Ana María quien se pone de pie, algo ya recuperada. Calixto Guillermo que ha quedado muy serio no sale del embebecimiento al ver su regalo: un sable con empuñadura de plata y marfil, con las iniciales de su nombre grabados por toda la hoja en bajorrelieve.

—Toma, para que recuerdes cuánto te quiero; que jamás tengas que usarlo, al no ser por nobles causas —afirma la tía con dulzura, volviéndose a sentar.

Amalia enternecida toma el regalo de Calixto Guillermo, carga a Marta María en sus brazos, mientras da órdenes a los esclavos para que preparen la habitación de su cuñada y la de Vicenta; también elige el menú para el almuerzo de bienvenida. Amalia por demás, nota el cansancio y la grave enfermedad en los ojos de su querida Ana María, sin pronunciar palabra alguna. Sabe a pie juntillas de su dolencia porque se escriben regularmente y ruega a Dios en sus oraciones para que no le suceda nada malo a su cuñada querida; una mujer a la que tanto admira.

El Cementerio de La Habana

La casa de Espada, llena de amplios jardines, cuenta con un oratorio. De las paredes cuelgan cuadros del Quijote, personajes religiosos y hasta del Papa que disolvió a los jesuitas, Clemente XIV. El comedor, situado en la planta baja, de una austeridad manifiesta, se destaca por su recogimiento y sencillez. Cuatro ventanas altas de dos hojas con persianas con vista a los jardines airean el lugar. Una mesa rectangular para ocho comensales, aparador de cedro y vidrio que guarda la fina vajilla de porcelana inglesa, cubertería de plata y cristalería de Baccarat son los únicos lujos permitidos. Es domingo a la tarde y el prelado ha invitado a don Tomás Romay, su médico de cabecera y amigo y a su esposa doña Mariana González al almuerzo, que consiste en cordero a las brasas aderezado con vino, sopa de pescado, huevos de codornices rellenos, boniato frito, flan de coco y ensalada de frutas acompañados con un tinto francés. El prelado come con gusto mientras se abanica. Dos empleados silenciosos sirven a los comensales.

—¿Cómo van las obras? Llevo dos días, entre tanta ocupación, que apenas me alcanza el tiempo —comenta Espada sudoroso.

—Faltan solo detalles. Tendrá que comprobarlo usted mismo —afirma el doctor Romay.

—Mañana a la tarde podré llegarme y ver cómo marcha todo. Entonces para el dos de febrero quedará inaugurado.

—Monseñor usted es incansable: ha hecho desviar las aguas, ha levantado un puente, ha expropiado casas —comenta doña Mariana admirada.

—Amén de las dificultades de transportar los cadáveres hasta las afueras de la ciudad. Pero bien vale la pena —afirma el obispo

—Ya lo creo que vale la pena y casi todo ha salido de su bolsillo —el doctor Romay degusta el flan de coco y la ensalada de frutas.

El obispo hace un gesto con la mano para restarle importancia al comentario.

—No más enterramientos en las iglesias. No más lucro con la muerte. Imaginar que los cementerios solo están destinados para los pobres y gente infeliz es un error, pues el día de la Resurrección, del mismo modo sacará la Divina Omnipotencia nuestros huesos de este que de aquel sepulcro —sentencia el obispo con una copa de vino.

—Entonces se inaugura el Cementerio Universal de La Habana. ¿Aunque sus enemigos digan lo contrario? —agrega doña Mariana que ha preferido una infusión de manzanilla azucarada.

El obispo mira a la esposa de su amigo y sonríe, se levanta y saca la mano al patio donde ha empezado a llover, se moja la frente y la seca con un pañuelo. Los truenos y los relámpagos sacuden la ciudad. Doña Mariana se persigna, asustada por los truenos. El doctor Romay, goloso, repite el postre. El reloj marca las 5 y 23 minutos.

—Hija mía, la prohibición de enterrar a los muertos en las iglesias es un asunto de supervivencia y de higiene como bien sabemos su esposo y yo; no de soberbia como señalan los que me acusan. Cada vez que llueve en la ciudad se producen epidemias que tienen su foco de expansión alrededor de los templos. Y es algo que mis enemigos no toman en cuenta, como si ellos fueran inmunes a las enfermedades, por el simple hecho de estar en contra mía.

Doña Mariana mueve la cabeza asintiendo, el doctor Romay sonríe orgulloso con las palabras de Espada. Brindan con vino francés. Minutos después el cielo se pinta de azul con sol, cesan los truenos y se apaga el aguacero.

La condesa de Nebel

Habitación de la condesa de Nebel.

Reposa en la cama sin fuerzas. Tiene treinta y seis años. La asiste Vicenta, su mejor amiga. Las ventanas de la habitación están abiertas de par en par. Corre un viento fresco que viene directamente del mar. El conde toca a la puerta con discreción. Su hermana al darse cuenta de la visita se niega rotundamente.

—La señora no desea recibir a nadie —Vicente, en susurro.

El conde apesadumbrado se marcha.

—¿Por qué insiste tanto? Pese a mis plegarias estoy convencida que iré a la eternidad en su compañía, más tarde o más temprano.

La condesa se ríe con el poco ímpetu que le queda. Le entra un acceso de tos.

—No piense en la muerte señora y trate de no agitarse —exclama Vicenta.

La condesa se calma y extrae debajo de la almohada una bolsa de cuero curtido repleta de monedas de oro. Se la da a Vicenta.

—Toma para lo que pueda venir. Eres una mujer libre. Cuando yo no esté el dinero te va a hacer mucha falta.

Vicenta toma la bolsa con naturalidad. Los ojos se le llenan de lágrimas.

—Gracias señora, es usted muy buena.

—No llores. Sabes que no soporto las lágrimas. Debo confesarte algo.

Vicenta se limpia las lágrimas como puede. La condesa le ofrece un pañuelo.

—Eres una verdadera amiga, la única que he tenido Vicenta. Siempre has sido discreta y muy prudente. Los mejores consejos de mi vida me los has dado tú. Nunca me exigiste ni la más mínima cosa pudiendo hacerlo. ¿Qué más se le puede pedir a una amiga? Si mi general estuviera vivo también diría lo mismo. Tampoco me importa que digan que eres una bruja. No ofendo a Dios teniendo alguien como tú, a mi lado.

Vicenta hace la señal de la cruz.

—Gracias por considerarme su amiga. Es un honor. Para una mujer de mi clase usted es una bendición, señora.

—Ah, una última cosa. Lo que soñaste tantas veces y nunca hicimos.

Vicenta no entiende. La condesa toma unos papeles de una gaveta del velador, los revisa mientras habla.

—He dejado todo dispuesto para que te quedes con mi casa de la calle de los Oficios. Acá están los papeles de traspaso. Mi testamento también lo confirma. Quiero que hagas una escuela en la parte baja de la casa para que enseñes a leer y a escribir a todos los chicos que lo necesiten. La parte de arriba la puedes usar como vivienda. El Obispo de Espada está al tanto y recibí su bendición para el colegio. También te servirá de apoyo junto a mi abogado si mi hermano intenta hacer alguna de las suyas. Ahora quiero descansar.

—Si necesita algo, llámeme, señora.

La condesa se ha quedado medio dormida y sonríe entre sueños. Vicenta sale de la habitación con lágrimas en los ojos rezando el Padre Nuestro en francés y llega a su dormitorio. Es una modesta habitación, ubicada en la segunda planta con vista a la calle Aguiar. Vicenta se sienta en su cama, triste por la inminente partida de su benefactora; con cuidado revisa los papeles, el dinero y los guarda en lugar seguro. La mujer comienza a desvestirse con calma, quedando desnuda de la cintura para arriba. El conde sale detrás de una mampara de improviso. Vicenta se asusta. O'Donnel se acerca y con fuerza la atrae hacia él.

—¿Algún riesgo contigo? ¿Qué te ha dicho Ana, negra?

Vicenta no entiende. El conde le tapa la boca a Vicenta que apenas respira. Vicenta logra zafarse.

—Déjeme tranquila señor. No sé de qué me habla. Márchese, por favor.

—¿Ana te ha hablado de mí, eh? ¿Algún riesgo contigo, negra de mierda? —repite el conde con unos tragos de más.

—Calixto ¿dónde estás? Se nos hace tarde —Amalia, camina por los pasillos de la casa buscando a su esposo.

Calixto se abalanza con fuerza sobre Vicenta quien empuja al conde y éste cae al piso levantándose rápidamente con ganas de azotar a una negra que se ha atrevido a tanto. Vicenta se sienta de espaldas a él en la cama; de pronto se vuelve y le mira a los ojos directamente musitando palabras ininteligibles. O'Donnel va hasta la salida de la habitación, abre; su dedo índice queda trabado en el entresijo de la puerta que se cierra bruscamente. O'Donnel grita adolorido. Un trozo mínimo de carne ensangrentada cae al piso. Amalia llega adonde su esposo y ve cómo la sangre mana abundante del dedo índice. Imperiosa da órdenes para que lo asistan. Dos esclavos vienen rápidamente a atenderle las heridas. El estado mental del conde ha sido dominado por una energía extrasensorial muy potente.

—¡Maldita negra! —blasfema el conde entre dientes.

Amalia con discreción mira hacia la puerta de Vicenta. Traga en seco y su vista se dirige a una de las amplias ventanas que dan hacia el mar; y el mar que le regala una brisa. Amalia se aflige. El conde imposta la mejor de las sonrisas para su esposa. Y agradece desde su cerebro alcoholizado que su hermana no le haya comentado a alguien su verdadero origen. Le consta por el carácter impoluto de Ana María. Lástima que se haya dado cuenta tan tarde. Y lo abruma la culpa, y otra vez el desasosiego. Es que hubieran podido ser buenos amigos, los mejores hermanos; así cree el conde mientras se disipa el coñac de su mente y le curan el dedo índice sin él quejarse en absoluto. Ya no irá a misa con su Amalia.

Dos días después Ana María Herrera y Abascal fallece de cáncer uterino. Varios esclavos y algún que otro amigo de la casa acompañan al conde en su duelo. Éste lleva el dedo índice de la mano derecha vendado. Vicenta acompaña a su difunta amiga. Por un lado queda Amalia, a quien la ha afectado el deceso de su cuñada.

—Los funerales serán con toda la pompa que la ocasión amerita. Preparen el sepulcro en la iglesia de San Agustín, la difunta no va al cementerio local —expresa el conde con dolor.

Los presentes no saben qué hacer o decir.

Minutos después Espada se baja de su volanta amarilla y verde, vestido para oficiar el ceremonial luctuoso. Toca a la puerta de la calle Amargura 203. Terencio abre y se persigna cuando lo ve. Espada le da la bendición. El esclavo lo manda a pasar. El conde de O'Donnel vestido de riguroso luto va saliendo a la calle con prisa.

—¿A qué debo el honor de su presencia, monseñor?

—Siento mucho su pérdida, Calixto. Vine a acompañar personalmente el cadáver de su distinguida hermana al camposanto.

Espada mira la mano vendada del conde y estrecha la otra, además lo abraza con sinceridad, en señal de pésame. El conde traga en seco. Su alcurnia y su odio se derrumban ante la sinceridad del abrazo.

—Pero el destino final de mi ya difunta hermana es la iglesia de San Agustín y usted está en contra —O'Donnel no termina la frase.

Espada lo interrumpe con cortesía pero enérgico.

—El destino final de mi querida amiga es el cementerio. Yo mismo oficiaré la misa. Por demás recibí una carta firmada por el primer ministro de su majestad dándome autorización para convertir en ley los enterramientos en el cementerio.

—No tengo conocimiento de tales asuntos Excelencia. Mi apogeo e influencias en la corte son notorios y me valdré de ellos si fuere necesario. La condesa de Nebel no partirá a la gloria eterna con la chusma —le vuelve al conde su arrogancia que puede más que cualquier buena intención, así sea el abrazo sincero del mismísimo Obispo de La Habana.

—Va al cementerio y ahora, después escriba todas las cartas que estime querido Calixto —afirma Espada con soberbia.

Espada y el conde miden fuerzas con las miradas. El conde resignado, le hace un gesto con su mano vendada al prelado para que entren en la casa. Espada asiente.

El Papel Periódico

Secretaría del Obispado. Noviembre y 1807. El lugar es un avispero. Espada observa a todos con mucha calma; diríase hasta con cautela. Algunos de los fieles hojean El Aviso, que recién en este año de 1807 cambió de nombre; antes fue *El Papel Periódico*, el primer diario de la ciudad, dirigido por la Sociedad Económica de Amigos del País. Será la publicación más antigua de la isla hasta convertirse con el paso del tiempo y las diferentes transformaciones nominales y formales en la *Gaceta Oficial de la República de Cuba*. El diario contiene noticias económicas y culturales, muy estimadas por los consumidores.

—Felicitaciones monseñor. Es una victoria suya la revocación del permiso real para que los hacendados no participen más en la junta de diezmos —se expresa con alegría el Padre Anselmo.

—Queridos míos, esta es solo una victoria temporal, la batalla por los diezmos está perdida —asevera el obispo.

—No obstante monseñor, si me permite hacer una observación: la iglesia habanera se ha convertido en una de las más poderosas de América. Es que ha aumentado la recaudación de ingresos provenientes de la industria del azúcar y eso beneficia nuestra labor —comenta el Padre Anselmo.

—Por supuesto Padre Anselmo. ¿Alguien sabe del Padre Juan? —Indaga Espada.

Los presentes niegan haberlo visto. El Padre Anselmo, se mueve inquieto en su asiento.

—Excelencia debo anunciarle que han publicado un folleto anónimo contra usted, titulado: «Fidelísimo pueblo de

La Habana». El padre Anselmo que trae un ejemplar en la mano lo hojea indignado.

Todos miran al obispo que no deja traslucir ni el más mínimo gesto en su cara.

—¿Algunos de ustedes saben quién es el autor? Entonces les ruego encarecidamente que no vengan con libelos de ese tipo que no aportan nada —categórico el obispo en su expresión.

El Padre Pablo hace anotaciones en un libro. Un edecán entra con una bandeja de plata y la deja donde está sentado Espada quien saca de la bandeja una bolsa de rapé y lo prepara. El Padre Anselmo se acerca a preguntar algo. Espada le ofrece rapé con gesto amistoso.

—Perdone Monseñor, pero yo no tengo ese vicio.

Espada mira insultado al Padre Anselmo, da un manotazo en la mesa.

—Peores vicios tiene usted.

Los miembros de la Junta se han quedado boquiabiertos, en especial el Padre Pablo que se contiene por no estallar de risa y coloca El Aviso en su cara. El Padre Anselmo quiere que la tierra se lo trague y no tiene ningún periódico para cubrirse. Todas las miradas van como dardos a su jeta.

El cafetal

En un espléndido día de diciembre de 1807, mucho antes de la Navidad, Espada acompañado por el Padre Juan visita a su amigo Saint Eve en Tapaste; les sirve de guía Paul, el hijo mulato del francés. El camino lleno de recovecos y saltos no impide que la volanta amarilla de persianas verdes sea parte instantánea y veloz del paisaje frondoso, lleno de sembrados por doquier; y el aire puro que los pulmones agradecen. Media legua antes de llegar a Tapaste se dobla a la izquierda y durante aproximadamente hora y tanto el camino se aquieta bastante, excepto por algún que otro hueco que la volanta elude con facilidad. Espada y Juan se ponen a jugar a los naipes y se hacen trampas a propósito. De repente Paul le pide al cochero que pare. Han llegado. El obispo se seca el sudor con un largo pañuelo, se baja inmediatamente del carromato y estira las piernas y los brazos, el padre Juan, sin que nadie le indique, se para detrás de un árbol y orina con fuerza largo rato. Poco faltó para que lo hiciera dentro del carruaje, más la prudencia le hizo contener la vejiga.

Los invitados deleitan la vista en un cafetal levantado en terrazas; por allá los tanques de fermentación y almacenamiento de agua, redes de canales, muros, almacenes, barracón y secaderos, más la escalinata que conduce a la casa señorial, ubicada en lo alto de una colina con hermosas vistas de la zona montañosa, Altos de Tamargo se llama la hacienda, y la preside a la entrada una estatua a tamaño natural realizada en mármol blanco de Carrara. La imagen luce una voluptuosidad sublime. Los rasgos de la modelo son negros en contraste con la blancura que la viste. Nariz ancha, boca gruesa y una media sonrisa que deja entrever unos dientes agraciados, el pelo recogido en una trenza que le cubre las nalgas abundantes. Se llama Albertine la estatua, como la mujer de Saint Eve. El barandaje de caoba y las rejas también forman parte de la decoración.

El cafetal se encuentra en plena actividad de recogida por la fecha. Los esclavos arrancan los frutos con sumo cuidado de los arbustos. Michel, el hijo mayor de Saint Eve con una canasta se afana en acopiar los granos rojos y dorados. Paul enseguida se incorpora con otra canasta y ambos hermanos compiten por ver cuál colecta más.

¡Esta es oro pulido, y esta es un rubí! ¡Mírenlas, mírenlas bien, para que no lo olviden —exclama eufórico el patrón Saint Eve, quien se acerca a sus hijos, tomando entre los dedos un grano amarillo y otro rojo de las canastas.

Espada y Juan saludan de lejos al cafetalero. Saint Eve los invita a la recogida con un gesto amable. Unos esclavos traen desde la casa una merienda de bienvenida para los distinguidos visitantes que se sirve cerca de uno de los canales que transportan el agua. Luego del refrigerio y un merecido descanso de los recién llegados, Espada toma una canasta y le pide a Saint Eve que le explique el sistema de recogida, el francés se niega pero el obispo insiste y Juan lo secunda. El atardecer los recibe trabajando, sin permitirse interrupción. Desde la casa llega un olor delicioso a cerdo asado y otras especias.

—Te va muy bien. La obstinación tiene sus recompensas Saint Eve. Sabes que estoy contra la trata de esclavos. Debería suprimirse —plantea el obispo, mientras come un jugoso pedazo de cerdo.

—¿Entonces cómo producimos? Y te olvidas de los gastos que ascienden a miles de pesos en manutención, medicamentos, esquifaciones y lo peor, el tiempo muerto. Entre febrero y agosto hemos llenado de caminos estas lomas, pero ya no hay caminos que construir, hemos sembrado naranjos y otros árboles frutales, pero así no se hace rentable un cafetal, mi querido Juan José. Los negros son mi mayor problema. Termina Saint Eve.

—Yo no soy cafetalero. Podrías pagarles por su trabajo, como he visto en otras partes de esta isla, y te quitas el asunto de la manutención. Habría también que buscarles mujeres, esposas con las que vivan en sus barracones o bohíos; pudiera ser en bohíos. Acá he contabilizado alrededor de 60 negros y solo 3 o 4 mujeres en la cocina. No tienen cómo desahogarse estos hombres, que también son hijos de Dios —afirma el obispo.

—No me llenes la cabeza de ideas que no voy a poder cumplir, aunque te asista la razón. Ahora solo me preocupa que ese café salga temprano en la mañana a La Habana porque ya lo tengo vendido —se ríe Saint Eve de los razonamientos del prelado.

Un grito femenino interrumpe la cena. Michel, Paul y Juan miran a todas partes. Saint Eve sale del comedor hacia la terraza donde ve a Albertine, aterrada porque un niño de cuatro años aproximadamente está parado en el borde de la baranda y una serpiente casi que se le enrosca en el pie al pequeño. Saint Eve con un tajazo seco corta en dos al animal, mientras que pone a buen recaudo al muchacho. Albertine corre hasta donde el nene y lo abraza y este le sonríe y la besa.

—Tanto susto por una serpiente, Albertine —comenta Saint Eve.

—Él no conoce el peligro Jean Michel. Me puse en la habitación a cerrar las ventanas por los mosquitos y cuando me doy vueltas ya no estaba. Salí a buscarlo y me lo encontré subido a la baranda. Me mata del susto.

—Debiste comer con nosotros. Eres la mujer de esta casa. ¿Qué va a pensar mi amigo el obispo?

—No pienso nada Albertine. ¿Y ese chico tan hermoso y travieso? —pregunta Espada admirado de la belleza del lugar.

—Es mi sobrino, su madre murió al parirlo. Saint Eve y yo somos sus padres ahora —afirma la negra que tiene una estatua con su figura en mármol blanco de Carrara a la entrada de su hacienda.

Espada y Juan pasan cinco días ayudando en la recogida de café junto a toda la familia y luego en las noches beben brandy y juegan al siló.

A la mañana de la partida del prelado y su acompañante, en el centro de la hacienda, cerca de la casa de vivienda, seis negros cargan una carreta con cestas repletas del mejor café. El negro Antoine, supervisa el trabajo con el látigo en la mano. Saint Eve llega de la casa y se detiene, satisfecho. Sus ojos van del látigo de Antoine a los brazos, rostros y manos de los esclavos. Ya casi terminada la faena, un error de cálculo hace que todos los cestos de la porción superior caigan al suelo. El grano se esparce por la tierra.

—¡Maldito negro. Este café está vendido y tiene que llegar hoy a La Habana! Rezuma fuego en los ojos Saint Eve.

El francés le arranca a Antoine el látigo y comienza a azotar a diestra y siniestra. Los esclavos intentan huir espantados por la locura del amo. Antoine lo enfrenta y Saint Eve lo derriba a latigazos. El negro, que es casi su sombra, lo mira desafiante, con los ojos enrojecidos por el odio, la soberbia, y el desengaño.

Espada al escuchar el griterío se acerca sin dar crédito a lo que ve, toma a Saint Eve por el brazo con una fuerza brutal y hace que el francés retenga el látigo en el aire y suspire agitado.

—Basta ya, carijo. No se pueden defender, loco de mierda, porque viven aterrados de ti. ¿Acaso no lo entiendes? —rezumba el Obispo de La Habana.

Llega Albertine e intenta levantar a Antoine del suelo que se encuentra bastante golpeado y llora de rabia. El resto de la dotación mira alejada y temerosa lo que sucede.

—La carreta se carga de nuevo. Tienen suficiente café Jean Michel Saint Eve, por el amor de Dios. Eres un salvaje. ¡Qué vergüenza!

Saint Eve en un rapto de ansiedad se abraza a los pies de Espada y llora, sinceramente arrepentido. Los granos de café yacen por doquier. Espada tarda largos minutos en recomponerse.

—Albertine, perdóname. Lo siento Albertine. Lo siento, Juan José —grita Saint Eve con pena.

Michel, Paul, el padre Juan y el nene de cuatro años están cogidos de la mano, protegidos contra cualquier contingencia. Albertine llega a ellos y toma al niño en sus brazos.

Ya en La Habana el Obispo de la Ciudad trabaja hasta altas horas de la noche preparando la Navidad y la llegada del año nuevo. Toma el café como se lo enseñó a preparar su amigo francés, vio con sus propios ojos el horror que ofrece el poder sobre seres humanos indefensos y se las verá con la opinión encontrada de sus colaboradores más cercanos, quienes encuentran en la trata esclava la única forma de desarrollo. Va a ser un año muy movido para el Santo Varón.

Raza maldita

Seminario de San Carlos y San Ambrosio. 1808. El patio del recinto está abarrotado de estudiantes laicos y religiosos. Se escuchan murmullos por doquier. Espada levanta su voz sobre la muchedumbre que paulatinamente lo escucha.

—Estimados caballeros, como director de esta prestigiosa institución, debo decirles que me asombra y entristece sobremanera su reacción negativa y manifiesta de traer al joven Octavio Filiberto como maestro de música a este prestigioso seminario. No concibo la falacia sacrílega con que los hombres blancos pretenden someter al negro, afirmando que constituyen una raza maldita y embrutecida. Las personas no deben valorarse por el color de la piel, sino por sus aptitudes y talentos para desempeñarse en cualquier manifestación que la vida les procure —afirma Espada quien suda copiosamente y tiene fiebre alta.

El patio va quedando vacío. Los comentarios de los que se marchan rayan en la vulgaridad. Para muchos los negros no son personas y si lo fueran serían de ínfima categoría. Incluso invocan a Dios para tales comentarios. Solo una decena de alumnos y profesores se mantienen en sus puestos y escuchan con atención, entre ellos Félix Varela que a la sazón tiene diecinueve años y se prepara como sacerdote. Se expresa el joven religioso con vehemencia. Hay bondad en sus palabras.

—Monseñor soy contrario también a la discriminación racial. Aprendí a odiarla desde niño. Yo trabajaría por suprimirla. Note Su Ilustrísima, cuando se proclamó la Constitución, como los negros, que son siempre los primeros en participar del regocijo popular, se abstuvieron de asistir a los festejos. Por otra parte, no son tan torpes cuando ellos son los mejores operarios con que cuenta La Habana y bien conoce Su Ilustrísima que antes de establecerse la academia de pintura, los únicos artistas con que contábamos eran de color. ¿Entonces, hay justicia al discriminarlos como una perenne amenaza al blanco?

Espada mira a su alumno y protegido con orgullo manifiesto.

—Por tales razones amigos míos, este talentoso músico formará parte del claustro de prestigiosos profesores que engalanan nuestra institución. Mi decisión es irrevocable. —concluye el prelado con una tos seca y repetitiva.

Los presentes aplauden admirados. Octavio Filiberto llora. Félix Varela habla con el músico. Horas más tarde Espada deberá guardar cama por varios días en su casa de San Luis de Gonzaga. Padece una severa pulmonía y tendrá que tomar caldo de gallina con malangas y beber pócimas con yerbas que le envía la abuela de Octavio Filiberto, una negra comadrona libre. Y en su biblioteca que trajo de España e incrementó en Cuba repasará a Horacio, Virgilio, Locke y Condillac, Plauto, Plutarco y Lucrecio. Serán días de reposo. Pablo y Juan no se separarán de él ni un instante. Varela y algunos estudiantes del Seminario como Bernardo O'Gavan y Justo Vélez le harán la visita y hablarán de literatura, filosofía y hasta de política. Los hermosos jardines de la mansión serán abiertos al público por el propio obispo para que disfruten de ellos los habaneros con sus familias. Por otra parte, empezarán a incubarse desde entonces la cizaña y la blasfemia en esta casa llena de columnas neoclásicas y pinturas religiosas donde el amor a la cultura se irradia por doquier.

Saint Eve

Saint Eve y su hijo Michel en marzo de 1809 viniendo desde Tapaste a La Habana son atacados por unos maleantes. El único pecado cometido ese 21 de marzo fue saludar en francés y sacarse el sombrero en señal de respeto a estos caballeros españoles. Saint Eve y Michel se defienden con piedras, piñazos y los puñales que logran neutralizar a los revoltosos. Saint Eve recibió una pedrada en el hombro que lo tira del caballo; el golpe seco en la caída, más el dolor urgente y paralizador lo dejan sin cabalgar, su hijo Michel lo monta en su corcel, amarra detrás al de su padre y antes que cierren las puertas de la ciudad intramuros llegan agotados y heridos a la calle Luis de Gonzaga; luego hubieron de atravesar el extenso y hermoso jardín que rodea a la mansión de una sola planta. Tocan una y otra vez. El mismísimo Obispo de La Habana sale a recibirlos y da órdenes a sus empleados para que lleven los caballos a la cuadra, los alimenten y les den de beber. Espada nota que su amigo apenas puede mover el hombro cuando se sienta con dificultad en una de las butacas de la amplia y fresca sala de estar. El obispo va hasta adentro y regresa en unos minutos con un frasco y vendas.

—Michel, quítale la camisa a tu padre por favor, hijo mío.

—¿Qué vas a hacerme Juan José? —pregunta Saint Eve adolorido.

—Vengarme de ti, sin dudas.

Michel con cuidado le quita la camisa a su padre. El hombro derecho tiene varias contusiones. Espada saca el líquido del frasco con un hisopo y unta árnica por la zona afectada.

—Michel querido, en el comedor vas a ver un estante, dentro hay varias botellas. Tráeme aguardiente de caña. Ve directo por el pasillo que queda frente a ti —ordena amable Espada al hijo de su amigo, que apenas recibió un arañazo en la contienda vespertina.

—Se te ha dislocado el hombro. Lo voy a poner en su lugar y a envolverlo con estas vendas, ¿Sí?

—¿Y el aguardiente?

—Para que no te desmayes del dolor, loco aventurero.

—Pues coloque el hombro en su lugar querido Juan José, a los locos aventureros el aguardiente nos sirve para emborracharnos. El dolor es cosa de señoritas, Su Excelencia.

Juan José le echa una mirada a su amigo de juventud quien le sostiene la vista sin chistar.

—Advertido estás Jean Michel.

El obispo se coloca detrás de Saint Eve, rezando el padrenuestro en francés. Saint Eve sigue la oración muy adolorido e intrigado. Espada rápido mueve el húmero en un gesto calculado y eficiente. Saint Eve aprieta los labios por no gritar. Un leve quejido sale de su garganta aventurera, no obstante.

—Ya está. No podrás mover el brazo por unos días.

Su Ilustrísima venda rápidamente el hombro del francés y deja un trozo de tela, la cual coloca a modo de cabestrillo en la mano del ahora paciente.

—¿Dónde aprendiste tales manejos? —pegunta curioso Saint Eve.

Michel llega con la botella de aguardiente de caña.

—Justo a tiempo Michel querido. Dale la botella a tu padre.

Saint Eve mira el aguardiente y sin pensarlo mucho bebe un largo trago. Con la mano que le queda libre la acomoda sobre el hombro lesionado. Y lo acaricia.

—Estoy esperando a que me digas cuánto te duele la herida —afirma Espada divertido.

—Te pregunté, dónde aprendiste enfermería Juan José.

Espada aplaude riéndose y lo señala a él.

—Tú eres mi profesor de enfermería y de cómo hago el mejor café. En Salamanca te vi hacer eso muchas veces.

Hasta practicabas conmigo los vendajes, enfermero —se ríe Espada con una risa franca. Michel lo secunda.

Saint Eve también se ríe.

—No terminé la medicina, querido Juan José. Ya estás al tanto que más me atraen la aventura y el riesgo, que cualquier otra cosa.

Se hace un silencio profundo que han tratado de evitar desde que llegaron a la casa del religioso más importante de Cuba. El silencio se relaciona con los agitadores que incitan a la violencia contra los franceses residentes en Cuba.

—Mataron a un boticario, Jean Tavernier, hace dos semanas. Han saqueado domicilios y comercios. Las calles hoy son un peligro para los franceses residentes en la isla, Jean Michel, te puedes quedar en mi casa el tiempo que desees, pero nada de locuras. Habla español correctamente y no te metas en problemas. Así pasarás inadvertido.

—Nada de eso Juan José. Solo dame dos días para regresarme. No voy a meter en problemas al Obispo de La Habana por la abdicación de Fernando VII y que Carlos IV haya cedido la corona de España a Napoleón. ¿Sabes que la familia real está en prisión?

—Sí, cómo no saberlo. Existe una Junta Central que desconoce la autoridad de los Bonaparte. Por demás, España firmó un armisticio con Inglaterra y le declaró la guerra a Francia. Voy a ofrecer mi gestión mediadora para que actos impregnados de tanto salvajismo inútil no ocurran de aquí en lo adelante. Cuento con la ayuda de Dios. Nada de saqueos a comercios y domicilios de tus compatriotas. ¡Una necedad y una barbarie por donde quiera que se le mire! La civilidad tiene que formar parte de esta ciudad. Haré «una exhortación para evitar los disturbios en La Habana» que saldrá en El Aviso el 24 de este mes.

—¿Por qué se ocupa tanto, Monseñor? —pregunta Michel con mucho respeto.

—Demasiadas cosas en juego como la libertad, la independencia, Michel. Pero a esta hora no pienso darte un sermón. Espada sabe de lo que habla. Su posición autonomista y descentralizadora le traerá muchos dolores de cabeza.

El ama de llaves llega anunciando que la mesa está servida. Los amigos se dirigen al comedor.

—¿Vamos a jugar al siló, Juan José? Así aprovecho después de la cena, el aguardiente que me has regalado —pregunta Saint Eve con curiosidad.

Los tres hombres comen ávidos sopa de pescado con verduras, pato confitado con salsa de piña, más ñame con aliño de ajo y chicharrones de puerco, beben tinto francés y de postre, budín con pasas. Luego juegan siló hasta la una de la madrugada. Jean Michel ha quedado invicto en cuatro ocasiones, Michel en dos. Espada les ha ganado el resto. El ama de llaves del obispo ha preparado las habitaciones para los visitantes, quienes luego de un baño reparador, le agradecen al prelado la hospitalidad, la amistad y el cariño fraguados hace más de veinte años en la universidad más antigua y prestigiosa del mundo hispano.

A la mañana siguiente Saint Eve se levanta temprano, se pone su mejor muda de ropa limpia, alquila un coche y se dirige con Michel hasta una pequeña calle cerca de la bahía. Una goleta a la distancia con bandada de gaviotas en el aire hace del paisaje un retrato magnífico. En la calle se han colocado dos o tres mesas rústicas y los compradores están detrás. Los hombres se aglomeran por doquier en busca de consumidores para sus productos, vienen de los alrededores de la ciudad; también los mismos vecinos ofrecen productos agrícolas o pescado fresco. Por una calle lateral aparece Paul, el hijo mulato de Saint Eve, seguido por el arria y los negros.

—¿Qué le pasó papá? —pregunta Paul asustado.

—Una caída del caballo. Tuvimos que parar donde un amigo anoche. Perdona por hacerte esperar, hijo mío.

Saint Eve le da un beso furtivo a su retoño menor, le sacude los pelos con cariño y se aleja hacia un mostrador. Michel, su otro hermano, lo abraza y le susurra al oído lo acontecido el día anterior. Paul entiende enseguida.

—Buenos días tenga el señor.

El comprador de cuarenta años aproximadamente, ni siquiera levanta la vista. Saint Eve tampoco se inmuta ante la no reacción del negociante. Sus hijos han quedado detrás mirando la transacción.

—Tengo granos para vender.

Por fin, el marchante levanta la vista como si tuviera al mundo en las manos.

—Vamos a ver.

Saint Eve extrae de un bolsillo un pequeño envoltorio, al abrirlo esparce el contenido sobre el mostrador.

—Son grandes y hermosos, pulidos con carbón de cedro. ¿Ha visto un gris azul, tan parejo?

El mercader palpa los granos, los observa detenidamente; después toma uno y lo muerde para verificar su frescura.

—¿Cuántos quintales tiene?

—Más o menos mil, que iré trayendo a diario, si cerramos trato…

El importador se incorpora, saliendo detrás de la mesa, camina hasta donde está el arria y los negros. Revisa con atención el contenido de un saco. Vira el rostro hacia una mujer que camina muy segura de sí misma. El abundante y generoso busto de la dama ha llamado la atención al negociante.

—Está bien, le compro la mercancía a dos pesos el quintal.

Saint Eve salta hacia atrás. El hombro dislocado por el esfuerzo le produce un dolor insoportable pero la ira puede más que un músculo roto. Se compone como si fuera a una batalla.

—Está loco, cómo me va a pagar dos pesos. Usted sabe tan bien como yo que mi café vale el doble.

—No le falta razón, el doble en condiciones normales, y aquí en La Habana. Afuera están los corsarios ingleses esperándonos más allá del Morro, para capturarme. Allá no valen los dos pesos que le ofrezco.

Saint Eve se queda pensativo. Sabe que el comprador lleva la razón. La cosecha se atrasó por el mal tiempo. Marzo no es fecha para vender café y eso él también lo calcula. La exuberante dama llega justo a tiempo. El comprador se ríe y levanta su sombrero en señal de respeto. La bella hembra toma a Saint Eve por el brazo útil, lo lleva aparte, contemplándolo de arriba abajo. Ni siquiera se fija en el comerciante.

—No venda señor. Más allá hay un comprador inglés. Él no tiene problemas, le ofrecerá el doble por sus cosechas —dice con toda la gracia y sensualidad que es capaz la misteriosa dama de ojos verdes.

—¡No hay venta! —recalca Saint Eve con el rostro iluminado.

—Muchas gracias, señorita....¿señorita?...y deja las palabras en suspenso Saint Eve.

—Pilar Romero, encantada. Los acompaños —afirma la mujer con esa gracia que ofrecen la juventud, la inteligencia y la perfección.

Llegan a otro mostrador no muy distante, donde un hombre enjuto de unos hermosos ojos azules, con barba de días y rostro desencajado por el cansancio intenta a aplacar al grupo de personas que se arremolinan a su lado con gritos y le provoca sudar a mares. Se llama Geoffrey Finning Mark.

—Un poco de silencio, caballeros. Así es imposible trabajar. Mr. Finning, se seca la frente y el cuello con un extenso pañuelo, molesto por el excesivo calor.

Saint Eve llega al centro de los arremolinados, acompañado por Pilar Romero a quienes todos les abren paso. Pilar sonríe y saluda a Mr. Finnig con un beso tocado por sus finas manos. El inglés le devuelve otro beso mimético y tímido.

—Aquí te traigo a un colono que necesita vender su mercancía, querido.

—Es mi sexta cosecha, nada más que 1000 quintales.

El inglés lo mira como si se conocieran de toda la vida. Observa los granos que Saint Eve le ofrece, casi desesperado. Ni siquiera muerde un grano de café.

—Pues te lo compro todo, todo. Agradécele a Pilar.

El inglés saluda al cafetalero con un abrazo de caballero. Saint Eve besa galante a la dama, quien recibe un corrientazo al ser tocada en la palma de su mano por los dedos enormes y viriles del francés que la hacen reaccionar ruborizándose. Una serie de imágenes van directas a su cerebro y ahí quedarán guardadas, hasta que encuentre a los depositarios de un mensaje del más allá, que para ella no tiene ni pies ni cabeza y que la atormentará en noches de luna llena. Saint Eve, Michel, Paul y el arria de los negros son conducidos por Mr. Finning y Pilar fuera del gentío.

—Le agradezco mucho cerrar un negocio con usted —afirma Mr. Finning caminado por la calle Obispo.

—No se va a lamentar. Es un grano de primera.

—Lo sé. Voy a llevar esta carga a New York. Mi hermana inaugura un negocio de pastelería y su sueño es servir un buen café. El azar ha obrado en nuestro favor. Por estas fechas encontrar cualquier grano es imposible, ha sido providencial, señor.

—Soy uno de los pocos cafetaleros de esta zona. Hay otra hacienda cerca de Pinar del Río pero ya vendieron su cosecha en diciembre.

Pilar y Mr Fining se despiden. Saint Eve estrecha la mano del inglés con entusiasmo. Se verán durante los siguientes días hasta que la carga se complete.

Saint Eve y sus hijos merodean por la ciudad; a la tarde van por sus cosas a lo de Espada. Casualmente el prelado se encuentra y los recibe como de costumbre. Esa noche pernoctan en lo del obispo. Antes que amanezca van a los depósitos, cerca del puerto y llevan a la hora acordada 200 quintales del aromático néctar. Saint Eve se cuida de hablar correctamente el español.

Que Dios se apiade

Tañidos de campanas en toda la ciudad el siete de abril y 1812. En una calle aledaña al puerto han colocado un patíbulo. Numerosas personas contemplan el espectáculo; entre ellas los condes de O'Donnel. José Antonio Aponte, negro libre, y casi todos sus colaboradores serán ahorcados. Amalia con delicadeza toca a su esposo por un hombro al verlo ensimismado.

—Dicen que el jefe de los conspiradores era carpintero tallador, Calixto. Que Dios se apiade de su alma —comenta Amalia, asustada.

—Te aseguro que Dios está muy ocupado para atender a un negro con ínfulas libertarias Amalia —enfatiza O'Donnel.

—¿Y qué querían Calixto?

—No, no mí querida. Aquí hay solo uno que quería: Aponte. Así se llama el negro, jefe de los revoltosos, que quiso abolir la esclavitud, pretendió suprimir la trata de esclavos e intentó derrocar a nuestra próspera colonia. Los otros le siguieron por cretinos. Pues mira lo que les ha tocado a sus pescuezos prietos….ji, ji. —se ríe Calixto con sarcasmo.

La condesa golpea por un hombro a su esposo; con la boca abierta le señala al patíbulo; el sudor le corre en gotas finas por su rostro; entre los conspiradores se encuentra Domingo, el esclavo del conde quien desde la tarima mira a su amo a los ojos, desafiante. El conde le sostiene la mirada sin inmutarse.

—Ese es Domingo, el hijo de Caridad y primo de Regla Merced. ¿Por qué te mira así?

El conde se ríe porque se sabe con ventajas.

—Te aseguro que en breves minutos ya no podrá mirar de manera alguna, mi querida Amalia. Así que le aproveche el mirar. Es un acto de mi buena voluntad.

—¿Pero tú sabías algo de la revuelta?

El conde se encoge de hombros. Ni lo niega, ni lo afirma.

—Por suerte y con el favor de Dios los agarraron. ¿Te imaginas la isla gobernada por negros?

Amalia se persigna y se toca el cuello por reflejo. Domingo Herrera es ahorcado. Con los estertores de la muerte por asfixia, su cuerpo se voltea. La mancha oscura de su hombro queda justo frente a los ojos del conde quien ni se inmuta. Amalia entre fascinada y aterrorizada no puede quitar la vista de los condenados.

—Así que andabas en conspiraciones, Domingo. Cuba no es Haití ni por asomo. Espero que tu cabeza sea exhibida junto a la del negro Aponte en una jaula de hierro a la entrada de La Habana. Ya me ocuparé en persona de tales asuntos, «hermanito». —piensa el conde seriamente.

Un gran enigma

Seminario de San Carlos y San Ambrosio. 1816. Espada, Varela y dos jóvenes estudiantes caminan por los pasillos del alto centro de estudios.

—¿Qué pretendéis crear?—pregunta Rodrigo un mozalbete de diecinueve años.

—Ni tanto, ni tanto, solo deseo interpretar cualquier sistema; es decir, tomar de aquí o de allá lo que ayude a la emancipación del pensamiento. ¿Eso le queda claro? El estudio de las ciencias naturales es el instrumento del conocimiento y de corrección de los conceptos universales —explica el presbítero Félix Varela.

—Si alguna sentencia filosófica o de cualquier índole se encuentra en contradicción manifiesta con una verdad revelada por autoridad sagrada, la primera es absolutamente falsa, porque la filosofía o cualquier otro sistema del conocimiento deben estar subordinados a la autoridad sagrada como a un juez que la corrija —afirma el veinteañero Faustino.

—La autoridad es el principio de una veneración irracional, que atrasa las ciencias. La única manera que yo concibo de estar más cerca de Dios es desentrañando los misterios del universo. He aprendido que la verdad es relativa y no absoluta, estimado Faustino. La filosofía moderna y cualquier otro sistema del conocimiento van en esa dirección —refuta Varela con conocimiento de causa.

Espada, Varela y los otros dos se ríen.

—Lo han hecho muy bien, hijos míos. Siempre me ha dado buenos resultados ponerme en el lugar de los que tienen las peores ideas —declara el obispo satisfecho.

Varios hombres transportan una caja de madera enorme, la dejan en uno de los pasillos con mucho cuidado. Van por otro embalaje del mismo tamaño. Espada se fija en Leonardo, uno de los cargadores que le recuerda a alguien. El rostro del obispo se transforma.

—¿Y esas cajas monseñor? No me diga que —pregunta Rodrigo sin recibir respuesta.

Espada se aparta de sus discípulos y mira hacia donde salieron los trabajadores. Llega otro embalaje que colocan al lado del anterior, busca con su vista al hombre que vino en el primer envío y éste no aparece. Los hombres van por más cajas.

—¿Pasa algo Excelencia? —pregunta Varela.

—Me pareció ver a alguien y hace algún tiempo que no sé de él.

Leonardo, el hombre que espera el obispo llega con un cargamento menor. Lo deposita en el mismo lugar que los anteriores.

—Juan José, hijo. ¿No me recuerdas?

—Disculpe Padre, pero me llamo Leonardo.

—Perdona hijo mío, hace algunos años, más de diez, conocí a un hombre que era muy parecido a ti, como dos gotas de agua. Logré que lo dejaran en la enfermería de la cárcel luego de ser atropellado por un coche. Su mente no funcionaba bien, pero era inofensivo. Después unas personas allegadas lo acogieron como a un hijo. Luego a cada tanto venía a trabajar al jardín de mi casa. Le gustaban mucho las flores y las plantas en general, sabía mucho de ellas. Hace más de tres años que desapareció y por más que lo busqué…

Leonardo mira al obispo y los ojos se le llenan de lágrimas. Los trabajadores y los discípulos de Espada miran alejados la conversación, como queriendo saber.

—Es mi hermano gemelo Padre…

—¿Sabes algo de él hijo mío?

Leonardo se encoge de hombros y niega con la cabeza.

—Hace tres años que salió de mi casa. Lo buscamos durante más de seis meses. Nunca más supimos de él.

¡Qué su alma descanse en paz! Rezaré por él en mis oraciones. —Espada se persigna.

—¿Padre está diciendo que mi hermano murió?

Espada asevera con la mirada y con las manos. Se despide de Leonardo con una palmadita en los hombros. Leonardo besa su mano en señal de respeto. El joven ha quedado muy consternado. Los obreros esperan por el amigo. Cuando Leonardo llega adonde ellos lo abrazan y se alejan.

Varela y los estudiantes aguardan por el Obispo y no se atreven a preguntarle.

—Voy a descansar un rato. No me siento bien. Nos vemos a la tarde.

El obispo va hacia su despacho.

—No sé cómo monseñor puede hablar con todo el mundo. ¡Es el obispo de esta ciudad! —se queja Faustino.

Félix Varela va a expresar algo pero se queda callado. El comentario le ha resultado impropio e inoportuno. Los tres quedan intrigados mirando las cajas. Rodrigo incluso intenta destapar por la fuerza una de ellas, al hacerlo un estruendo enorme inunda el silencioso edificio. Faustino y Varela le hacen señas para que lo deje todo así. Los tres salen casi corriendo. Las cajas quedan como un gran enigma. Son equipos de laboratorio traídos de Londres y de Paris. Se desembalarán al día siguiente; durante años servirán para que miles de estudiantes conozcan de la física y de la química y del valor de estas ciencias para un mejor conocimiento del mundo.

El primogénito

Calles de La Habana. Julio. 1820. El Conde de O'Donnel con cincuenta y tres años va con paso ágil por la calle Cuba, a pocos metros de la nevería de Juan Antonio Montes, centro de reunión de la gente más elegante y distinguida de la ciudad. Un grupo de jóvenes criollos muy alegres, salidos del renombrado lugar donde tomaron helados de frutas y refrescos de cola, viene en dirección contraria a él y no le dejan espacio para seguir. El conde comienza a maldecir sin remilgos al ver cerrado el paso. La tarde no ha empezado nada bien para él. Los muchachos sin pensarlo dos veces, se detienen y forman un bloque compacto en la acera y lo miran desafiantes. A O'Donnel no le queda más remedio que bajar a la calle para continuar su camino. Se aleja sin mirar atrás. Todos se ríen y hacen payasadas a sus espaldas. Uno de los chicos se queda muy serio, es Calixto Guillermo, el primogénito de O'Donnel que reza en silencio porque su padre no lo haya visto. Cumplió veinte y dos años.

Llega la noche a la mansión de la calle Amargura 203, el comedor que se aloja en el segundo piso con vitrales en las ventanas, espejos, candelabros y flores por doquier, ofrece un retrato alterado y silencioso de los comensales. Amalia, Calixto Guillermo y Marta María apenas prueban bocados, solo O´Donnel crispa las manos y habla para sí, en un soliloquio delirante.

—Hace falta repoblar la isla con elementos exclusivamente españoles , a la manera que el labrador cuida de sembrar un grano en el sitio que antes ocupaba la cizaña. Solo si Cuba ha de continuar siendo española, es necesario variar radicalmente su organismo, e infiltrarle nuevos elementos de vida que eliminen cumplidamente a los degenerados que hoy encierra. ¿Se cometieron errores? Confesémoslo. Se consintió que ramas infructíferas chupasen toda la savia del árbol que implantó aquí España a costa de grandes sacrificios. Pues cortemos esas ramas, sin contemplaciones y a raíz. —Termina el conde agitado, con el rostro enrojecido. Son palabras aprendidas de memoria que repite con entera satisfacción y cólera. Bebe ahora un sorbo de agua con hielo que le calma el fuego interior.

Calixto Guillermo pide permiso para levantarse de la mesa. Su plato ha quedado intacto. Amalia y Marta María miran cautelosas lo que acontece, moviendo los cubiertos muy despacio, sin saber qué hacer, ni mucho menos qué decir. O´Donnel al notar que su hijo abandona la estancia se levanta, camina tras él; en un soplo se coloca a su lado.

—Pasado mañana sale un barco a España. Ya tienes un pasaje. Te vas a Madrid, y luego a terminar los estudios en Salamanca. Llevas unas cartas para que mis apoderados te surtan de dinero o de lo que fuere. Igual, te daré una bonita suma para los primeros tiempos. ¿Está bien? —Habla muy despacio el conde.

Calixto Guillermo mira a los ojos de su padre sin chistar. La camisa de hilo, cortada con suma elegancia se humedece en las axilas. El miedo lo atosiga. El joven transpira a mares si tiene que abordar a su progenitor.

—Por supuesto, es una decisión tomada y no tengo derecho a réplica, ¿verdad padre?

—Puedes replicar cuanto quieras, hijo mío. Sales el viernes para España.

—¿Al menos, puedo despedirme de mis amigos?

El conde asiente comprensivo.

—Mándales un aviso que mañana vengan a almorzar y así aprovecho para conocerlos a todos.

Amalia y María Marta han escuchado la conversación un tanto alejadas en el largo pasillo que lleva a las habitaciones.

—¿Calixto, a España tan de repente? ¿Puedo saber las razones? Tu hijo es un hombre magnífico.

—Y quiero que lo siga siendo. La única revoltosa de esta familia era su tía, que en paz descanse.

Da la vuelta Calixto sobre sus pasos dejándolos perplejos e ignorantes.

Regresa O'Donnel al comedor, le ordena a Terencio que le sirva un trago. Terencio prepara una copa en forma de tulipán, ligeramente ensanchada en la base, para que el licor «respire» cuando sea servido. Hace años Calixto giraba la copa y así permitía que el coñac tuviera contacto con el aire, e incluso la calentaba con las manos antes de llevarla a sus delgados labios; sin embargo ahora prefiere hielo picado con unas gotas de limón y miel en su brandy preferido. Terencio sin ser visto se sirve un largo sorbo de la botella alta, delgada, de vidrio llano y transparente. La bebida espirituosa al pasar por el gaznate obliga al esclavo a hacer muecas con la cara y el esclavo sacude el cuerpo como poseso para enseguida secarse la boca con las manos.

Luego de la orden dada por su amo para marcharse Terencio va hasta el primer piso donde vive con los demás esclavos. Regla Merced lo regaña por el olor a alcohol que le sale de la bocaza sensual de dientes blancos y alineados.

Por su parte, el conde pasará horas con un único trago pensando en la decisión tan difícil que acaba de asumir. Conoce al dedillo todos los movimientos de su hijo fuera de clases, de las reuniones nocturnas donde hablan de separar a Cuba de España, con jóvenes de su propio linaje y riquezas. Una idea muy peligrosa que puede costar mucha sangre y él no está dispuesto a sacrificar a su único hijo varón por nada del mundo. Prefiere ser odiado antes que llorarlo. Encontrarlo por la calle Cuba hoy a la tarde con los revoltosos que no le dieron paso, colmó su paciencia y puso en alerta a su intuición.

De súbito, el conde cae en la cuenta de lo insólito e inesperado que ha resultado el día. Antes de encontrarse con su hijo vio muy cerca del puerto a una «pareja», por llamarla de algún modo. Ella muy elegante, caminaba altiva con su perro pequinés y un mulato enorme, perfectamente vestido, venía detrás a una distancia sensata, y fungía como guardaespaldas, según supo unos minutos más tarde. La dama lo llamó por su nombre de pila y sin darle tiempo a reaccionar le comunicó que tenía un mensaje de sus familiares; al ver la nula reacción del conde, la dama nombró a Domingo y a Ana María, sus dos hermanos muertos. El conde se puso en guardia con la mirada y el cuerpo atentos; la dama le ofreció por demás, una sonrisa encantadora y le aseguró que se llamaba Pilar Romero, que vivía en México y que Aurelio, el mulato, era quien la cuidaba de los inoportunos, aunque este no era el caso, pues desde lejos se notaba que Calixto era un hombre de bien, ¿O no? Así preguntó la dama con extrema civilidad; de repente O´Donnel se encontraba caminando a su lado sin saber cómo llegó hasta ella. Pilar le indicó que su hermano quiere que se ocupe del hijo que dejó a cargo de una tal…; ahí la mencionada dama quedó muy seria, sin pronunciar palabra, moviendo los ojos de izquierda a derecha, como buscando información, balbuceó un nombre negando con la cabeza e interpeló a su oyente inesperado: ¿Regla Mercedes? El conde asintió sin vacilación. La dama refirió que era importante que hiciera rápido lo solicitado porque de lo contrario a ella no se le van a quitar los dolores de cabeza que padece desde que llegó a La Habana hace doce días. Calixto sudó y respiró agitado. La tal Pilar Romero casi le ordenó que buscara hoy mismo a su sobrino nombrado Lázaro Jesús y que lo pusiera bajo su cuidado, so pena de recibir un castigo peor que los latigazos que le propició a su hermano, y que Ana María está de acuerdo que así sea. La propia Pilar queda sorprendida de lo anunciado al ver la reacción de su interlocutor y se persigna; entonces piensa que si tuviera la misma suerte en los juegos de azar ella sería tan feliz, pero no, solo sirve para traer mensajes del más allá, que le traen disgustos en la mayoría de los casos y un dolor de cabeza intolerable. Después de lo escuchado Calixto se recostó a la pared de un comercio a punto de caer desfallecido; piensa él que solo fueron unos segundos, sin embargo, diez largos minutos estuvo parado con los ojos cerrados enérgicamente, mientras la gente observaba discreta y a veces no tanto a un hombre irreconocible, más cuando abrió los ojos, Pilar y Aurelio desaparecieron del entorno; con moderación los buscó por doquier hasta que entró a la calle Cuba. Calixto en el comedor de su mansión recuerda al detalle lo vivido ese día con la enigmática dama, va hasta uno de los inmensos espejos que quedan cerca de la ventana, se para frente a él, pega su rostro al frío cristal murmurando: «Voy a perder a mi hijo. Quieren matarme de pena. No me voy a ocupar de otro negro. Ya bastante asunto resulta el cargar conmigo mismo, simulando lo que no soy. ¡Maldita Ana María, maldito Domingo. Malditos!».

Termina el conde, por primera y única vez en su vida, reconociendo y aceptando su origen del cual nadie sabe ni sospecha.

Félix Varela

Seminario san Carlos. Julio. 1820. Espada camina con Varela tomado del brazo por uno de los largos pasillos del seminario, entran a la oficina del obispo. La puerta queda entre abierta. Una silueta con hábitos llega y queda agazapada tratando de escuchar.

—¿He oído decir que te preparas para las oposiciones de Constitución? —pregunta el obispo de La Habana.

—Le han informado mal Ilustrísima —responde Varela.

—Quizás, pero me alegró tanto la noticia. Me imaginaba al maestro de la juventud habanera, orientándola ahora en el buen uso de la libertad —afirma Espada sonriente.

—Por supuesto que Su Ilustrísima me halaga, pero no soy el indicado a ese menester.

Para enseñar Constitución se necesita una persona aficionada al derecho; y aun más, que le guste la política —refuta Varela con lógica.

—Pudiera ser, pero diferimos mi joven catedrático: lo que señalas se suple con talento, y lo que yo busco no se encuentra fácilmente. Lo que de veras se necesita es un hombre joven y enérgico, de moral acrisolada, respetado y admirado por la juventud y no mal visto por ninguno de los partidos. Ese hombre, pienso que eres tú.

—Su Ilustrísima me confunde. No merezco la exaltación que me hace, pero se lo agradezco infinito, porque sus palabras me confortan, me alientan a perseverar en mi trabajo…

—Ahora eres tú quien me confundes. Nada he dicho que no merezcas. Por eso ordeno a que te presentes. Con tu gran talento, y con poco tiempo de estudio podrás desempeñar la cátedra tan bien como el primero —afirma Espada con vehemencia.

—Pero...

—Pero, las oposiciones se harán de aquí a seis meses y ese es el plazo que te concedo.

Espada sonríe y le da una palmadita en el hombro a su protegido que no sabe qué decir. La sombra ha escuchado la conversación. Espada sale de su oficina en un impulso y solo encuentra una fila de religiosos que marcha cantando salmos por el pasillo. El obispo no se percata que la figura se incorporó a la fila rápidamente. Mira a Varela sin saber qué decir.

Creación de la cátedra de Constitución en el seminario San Carlos. 8 de enero. 1821.

—Si he de llamar por algún nombre a esta cátedra, será por el de la libertad, de los derechos del hombre, de las garantías nacionales, la que por primera vez ha conciliado entre nosotros las Leyes con la Filosofía. En fin, los estudios que contienen al fanático y al déspota y conservan la religión —enfatiza Varela y acomoda sus lentes.

El Aula Magna está repleta de jóvenes blancos, laicos y religiosos. Hay gente de pie. Espada que está entre los primeros asientos, mira con respeto y atención a su joven promesa. En su mente bulle una idea pero tiene que dejarla madurar. Entonces sonríe.

Meses después en el mismo Seminario San Carlos el presbítero Félix Varela imparte en el patio una clase. El Obispo de Espada le hace señas. Varela se acerca.

—¿En qué puedo servirle su ilustrísima?

—No sabes cuánto he tenido que batallar por este triunfo, pero no pienso contarte. Ha llegado el momento que defiendas los dos problemas principales que afectan a Cuba: la esclavitud y nuestro papel como colonia. Vas a ser mis ojos y mi boca en España, querido Félix. Serás el mejor diputado que tenga La Habana. Fuiste elegido delegado a las Cortes de Cádiz pese a la negativa de los hacendados criollos. Resuma alegría el Obispo de La Habana. Félix Varela se emociona. El obispo lo abraza con efusión y lo felicita e inmediatamente se marcha. Varela continúa su clase. El Padre Juan mira con atención, un tanto alejado y receloso.

La Piña de Plata

A O'Donnel después de entrar en la cincuentena, le gustaba la caminata a prisa por la ciudad, la cual dura exactamente treinta minutos, cuatro o cinco veces a la semana, así se mantiene ágil y estira las piernas, ya ha tenido que disminuir las clases de esgrima a solo los domingos por la falta de aire que a veces tanto lo agita. De cuando en cuando invita a algún pariente de su mujer o algún amigo por no perder el hábito del sable; luego visita la Piña de Plata, el famoso café donde toma un helado de chirimoya o un café endulzado con miel.

Conversa poco con sus pares, hacendados como él, porque muchos de ellos quieren separar a Cuba de España y él les presta dinero a estos ilusos para que aseguren la cosecha de caña y luego la venta de azúcar a la metrópoli y a México; es que no le gusta para nada mezclar la política con los negocios. Pura astucia de mulato bastardo.

Sin embargo, con Federick Tudor platican en el mencionado café habanero sobre el hielo, un floreciente negocio que el americano quiere llevar a India y a China, afirmando que el serrín es mejor que el heno para protegerlo, también explica que lo cultiva en unos lagos en Boston pertenecientes a su familia, que además ya es dueño de una flota de barcos para llevar la mercancía a cualquier lugar, que le agradece mucho a Calixto lo que ha hecho por él, pues todo el mundo lo tildaba de loco cuando siendo casi un niño se le ocurrió tal faena; asimismo habla de los 4000 dólares que perdió en aquel viaje a Martinica por no tener un almacén adecuado. Calixto lo escucha atento y hasta le sonríe. Frederick comenta de Nathaniel Wyeth, uno de sus proveedores y amigo, quien inventó un cortador tirado por caballos y se quiere unir a él como socio. Emocionado Frederick saca de su chaqueta un papel de hilo doblado meticulosamente y le muestra al conde un dibujo al carbón de unas cuchillas largas en formas de tijeras y le revela que la idea consiste en «arar» con estas largas cuchillas, que marcarían surcos paralelos de 10 centímetros de profundidad sobre la superficie helada. Después los trabajadores harían agujeros, para luego con las sierras y por estos agujeros cortar los bloques a un tamaño final de un 60 × 60 centímetros. Frederick le pregunta al conde qué le parece la idea. El conde entusiasmado por la inteligencia y el olfato para los negocios de su amigo asiente otra vez con una sonrisa. Frederick le agradece afirmando con la cabeza. «Porque la invención de Wyeth haría el trabajo más fácil, permitiendo la producción en masa», concluye Tudor con una certeza absoluta. Calixto por su parte sugiere que los bloques uniformes podían ser almacenados juntos para minimizar la fusión, y el producto cortado con el nuevo sistema tendrá una apariencia más limpia, y por lo tanto, sería más fácil de vender. Los dos hombres quedan en silencio por unos segundos pensando en lo que acaban de decirse, luego se dan un apretón enorme de manos y se despiden en inglés augurando los millones de dólares que ganará el bostoniano con una idea simple y genial: vender hielo donde haya calor.

Calixto se queda un rato disfrutando la tarde en la Piña de Plata, luego paga, sale a la calle y se encuentra con Aurelio, el guardaespaldas de Pilar Romero que no se ve por parte alguna, pero justo detrás de la nevería sale oronda la señora, tan elegante como de costumbre, saludando a Calixto con una inclinación de cabeza y sin mediar reacción lo toma por el hombro llevándolo hasta un costado de la calle Bernaza y lo amenaza diciendo que no se ha podido ir de Cuba por su culpa, que pasa el tiempo con dolor de cabeza desde hace seis meses, que ella sabe que habita en Amargura 203, que su pieza es el dormitorio azul y amarillo del segundo piso después del comedor, en el lado que da a la calle Aguiar, que recoge ahora mismo a su sobrino dándole toda la atención y el cariño que merece el huérfano o no llega vivo al domingo. Calixto intenta zafarse y Pilar no se mueve. Al mirar a sus ojos verdes nota el conde que Pilar le recuerda tanto a Vicenta que la respiración se le corta; sin saber por qué toma impulso, sale corriendo y media cuadra después tropieza, cayendo de bruces al piso, con los brazos extendidos. Aurelio viene de prisa y ayuda a levantarlo, con mucho cuidado le acomoda la ropa, de paso le sugiere que le haga caso a Pilar porque ella no miente nunca. O'Donnel deja al guardaespaldas con la palabra en la boca y arranca hasta a su casa, abre la puerta, sube las escaleras que llevan a su habitación y llama a Terencio, para que lo asista inmediatamente. Amalia borda un hermoso dibujo de aves y pájaros sentada al borde de la cama pues allí la luz de la tarde hace más iluminada la estancia; al ver llegar a su esposo abandona su tarea de aros, hilos y aguja. Calixto entonces repara en

ella como si la viera por primera vez. Amalia discreta se sonroja y le pregunta por qué la mira así. Calixto le hace señas y la sienta en sus piernas. Amalia turbada como la grana se deja hacer sin saber qué decir y mira hacia la puerta abierta. Terencio llega y ofrece disculpas al verlos. Calixto le pide que se marche y que luego hablará con él. Terencio se retira en silencio cerrando la puerta sin apenas ruido. Calixto Herrera y Abascal abraza a su esposa con una pasión nueva y extraña. Amalia sonríe avergonzada. Calixto le hace el amor con todo el cariño que es capaz. Amalia se sorprende al notar que la fogosidad tan extrema y delicada de su marido le ha provocado un sentimiento arrebatador. Por primera vez en su vida alcanza un goce indescriptible y múltiple que la avergüenza pero a la vez la hace tan feliz. Calixto no fue a bañarse, como es su costumbre, después de terminada la faena erótica. Se quedó con su mujer acariciándole la espalda con los dedos de los pies y luego con las manos, poro a poro. Amalia se pregunta qué habría sucedido para que su marido de años le ofreciera algo inusitado, tan especial y así se durmió feliz, sin atreverse a preguntar porque no le enseñaron a cuestionar el comportamiento de los maridos.

Merced

El conde después de la siesta en su oficina, come aceitunas que le arrebatan, en una de esas se traga el exquisito vinagre que las conserva, se le cierra la glotis, sufre un bronco espasmo el domingo al mediodía durante diez interminables segundos. Por señas de sus ojos y las manos le pide a su esposa que le toque la espalda. Amalia hubo de darle piñazos para que volviera en sí, e inmediatamente le ofrece un vaso de agua fresca. Calixto que nunca antes sintió algo similar, pasa sus manos por el pecho, una tos seca y ronca que le sale de adentro, lo hace beber agua despacio, una y otra vez, hasta calmarse; de repente recuerda a Pilar y lo que ella le auguró hace tan solo dos días, toca la campana que está encima de su mesa de trabajo para llamar a Regla Merced; en el ínterin con mucha diplomacia se despide de Amalia, asegurándole que se encuentra en perfecto estado. Amalia obedece a regañadientes yendo a sus quehaceres de dueña de casa.

Regla Merced se encima a la puerta de la oficina e inclina la cabeza para entrar. Calixto le indica que pase.

—Necesito que traigas a Lázaro Jesús ahora mismo —El conde bebe despacio otro sorbo de agua, colocando el vaso cerca de la bandeja de plata que contiene la jarra de cristal medio vacía.

Regla Merced abre la boca, cruza sus manos debajo de los senos y niega con la cabeza, asustada.

—No sé de qué habla mi señor. Se lo juro.

—Sí lo sabes. Al parecer el último que se entera de las cosas en esta casa soy yo. Que venga ya, Regla Merced —ordena el conde con cierto desdén en la mirada.

—Pero yo no sé de lo que usted me habla, mi amo —asegura la esclava con firmeza apretando los dientes mientras cierra los puños debajo del busto.

Calixto la observa con detenimiento. Regla Merced baja la vista y no cambia de posición mientras dura el silencioso examen del amo.

—Come, que yo sé cuánto te gustan —Calixto en un cambio de táctica le brinda de las aceitunas que todavía quedan.

Regla Merced no se mueve de su posición. Calixto va hasta ella con el plato en la mano, dispuesto a que coma del suculento manjar.

—Anda pruébalas, son exquisitas, vienen con alcaparras.

Calixto nota que Regla Merced llora en silencio. Ya sospecha que la negra se va a dejar dar latigazos sin soltar prenda y el tiempo apremia.

—¿Por qué me da de su plato? Tengo miedo mi amo. Le tengo mucho miedo.

—Lázaro Jesús es el único hijo de Domingo, tu primo y mi….se queda en vilo Calixto. El subconsciente casi le hace decir un oprobio de sangre y raza muy verdadero.

Regla Merced que no se ha movido un milímetro de su sitio muy despacio levanta la cabeza con los ojos llenos de lágrimas.

—Si quiere me azota. No sé de lo que me habla, mi amo. Se lo juro.

—¿Por qué serás tan obstinada y previsible, Regla Merced? No se trata de golpearte porque no has hecho nada que merezca latigazos. Solo te pido que me digas dónde está Lázaro Jesús y terminamos de una vez. Siéntate, anda —sugiere Calixto e indica una de las butacas de la oficina.

Regla Merced baja las manos del busto y las coloca en posición normal. Calixto la lleva con mucha cortesía a que se siente. Regla Merced parece más relajada y accede a la orden de su amo, ahora mira con ojos expectantes lo que le rodea desde una posición nunca antes imaginada.

—¿Qué quiere usted saber? Una historia muy vieja que no va pa ningún lado —afirma la esclava que fue reina en Senegal y conserva la belleza intacta de su estirpe.

—Al menos nos vamos entendiendo. Necesito que me digas dónde se encuentra el hijo de Domingo. Si quieres júntate con Terencio y otros esclavos de la casa y lo traen —sugiere Calixto.

Regla Merced mira al amo desde la butaca, asombrada. Deja pasar unos segundos sin saber qué decir o hacer.

—¿Qué? No me digas que es tan difícil lo que te pido.

—Vive en las afueras de La Habana y es un hombre libre. Su hermana de usted lo compró en el vientre de la madre que falleció en el parto. Y no dice nada más Regla Merced.

Calixto da vueltas por la oficina sin creer lo que ha escuchado. Pasa los dedos por su cabello, gesticula por el recinto sin dar crédito a tamaña idea.

—Tunante, pero qué tunante soy, claro. ¿Cómo voy a creer que me estás diciendo la verdad?

—Jean Michel Saint Eve era amigo del general Nebel, el esposo de la difunta y que Dios me la acompañe siempre. Saint Eve tiene un cafetal en Tapaste. Cuando vienen a La Habana pasan a saludar.

Calixto queda pensativo unos segundos y prueba fuerzas.

—¿Un francés que se ocupa de un negro que no es ariente ni mucho menos pariente en Tapaste?

—La mujer de Saint Eve es una negra libre, hermana de la madre de Lázaro Jesús, a la que Ana también le compró la libertad y la pobre, no vio crecer a su hijo, mi amo.

El tema de la mezcla de razas le golpea en la cara como un látigo al conde, pero hay algo que no le queda claro a Calixto.

—¿Vicenta es parienta también de la mujer de Domingo, de qué dotación eran?

—De los condes de Jaruco. Su hermana de usted pagó mucho dinero pa que fueran libres.

—No contestaste mi pregunta, ¿Vicenta era de la misma dotación?

—No lo sé mi señor. Yo soy una negra ocupá en mis asuntos ná ma.

Un silencio incómodo invade el ambiente. Regla Merced se levanta de la butaca forrada en pana azul. Calixto saca de su bolsillo dos monedas de oro y se las entrega. Regla Merced titubea aceptándolas con resguardo.

—Es un gesto de mi buena voluntad. Te pido una última cosa. No comentes con nadie lo que hemos platicado esta tarde, ¿sí?

Lázaro Jesús

Dos semanas más tarde, Lázaro Jesús llega a la Mansión O´Donnel en compañía de Saint Eve y sus dos hijos Michel y Paul, uno rubio de ojos oscuros y el otro mulato de pelo rizado y ojos color miel.

«El vivo retrato de su padre, pero negro y con los mismos ojos verdes de Domingo. Buena la hicieron, ¿eh?» Calixto al ver a su sobrino comenta para sí.

El conde aloja a los visitantes por unos días con el boato que la experiencia amerita. Amalia no hace preguntas sin dejar de mirar a Paul que se comporta como un perfecto caballero en la mesa y dondequiera que se encuentre. Para su sorpresa Saint Eve trata a los dos jóvenes sin ninguna diferencia y qué decir de Lázaro Jesús, tan serio y tan alto que parece mucho mayor. Marta María asiste al espectáculo con la discreción de una joven casadera a la que solo le gusta leer y hasta escribir algún verso enamorado a la luna, a la mañana y a lo banal de la existencia; por ahora se divierte con estos jóvenes encantadores y gentiles, pero nada más. Amalia no le pierde ni pie ni pisada a la hija con tanto hombre joven deseoso y deseado en su propia casa.

Luego de las aclaraciones pertinentes que llevan varios días, despide muy amablemente el conde a Saint Eve, a quien tuvo que confesarle de su vínculo carnal con Domingo y Lázaro Jesús, para obtener sus propósitos, obviando claro está, que él y el esclavo son hermanos de padre y madre. El francés encontró natural la osadía del conde de proteger a su sobrino. Saint Eve antes de tomar alguna medida quiso la opinión de los hijos y del propio Lázaro Jesús; amén de hacer saber la suya propia. Al final, estuvieron de acuerdo que sería una magnífica oportunidad para el chico que ya había dado muestras de una excepcionalidad para todo lo que se propusiera. Saint Eve, muy discreto en tales ambientes, no hace alardes de su amistad con Espada. Lo encuentra innecesario y hasta vanidoso que todos sepan que juega al siló y toma ron delante del Obispo de la Habana y hasta se emborracha con su anuencia.

Lázaro Jesús queda contento alojado en la mejor habitación para huéspedes. O´Donnel intenta cumplir a cabalidad el mandato de Pilar y sus hermanos muertos, pero ante la mirada atónita de su mujer no tiene respuestas y los esclavos cuchichean entre ellos sin atreverse a sacar conclusiones de ningún tipo sobre el negro tan distinguido y hermoso que se aloja en el aposento más lujoso de la mansión de la calle Amargura. Regla Merced cierra la boca, aprendió que las palabras después que salen de la lengua, ya no las puedes echar para atrás.

En el almuerzo posterior a la ida del francés, solo están Lázaro Jesús y Amalia en el inmenso y lujoso comedor, servido por tres esclavos de la casa. El conde y Marta María fueron a gestionar un pasaje a España para la niña desde media mañana y quedaron luego en almorzar con María Revilla, la futura suegra de Marta María, que está de paso también por la ciudad y a la que Amalia no tolera y declinó acompañarlos con cualquier pretexto, dados a una señora de su alcurnia. Pero volvamos al comedor donde la condesa de O´Donnel ocupa el centro de la mesa y Lázaro Jesús el lado derecho.

—Gracias por el almuerzo. La verdad que no acostumbro a comer tanto a ninguna hora, pero no me pude resistir —comenta el joven.

Amalia come en silencio, abstraída del entorno. De pronto se da cuenta que Lázaro Jesús ha hablado y no sabe qué hacer en una situación inesperada, absurda e impensada hace tres días. Los esclavos salen y entran mirando a los dos comensales de reojo.

—¿Se siente mal, señora? —pregunta el joven preocupado por el estado de la dueña de casa.

Amalia se esfuerza en sonreír, toma agua, y sigue comiendo.

—Me siento bien. Muchas gracias. Hace mucho calor.

—Si quiere la acompaño luego del almuerzo a recorrer la ciudad.¿ O usted prefiere la siesta?

Amalia casi pega un grito que se ahoga en un balbuceo. La sangre le sube a la cara.

—Solo acostumbro a salir con mi esposo, jovencito.

—Mil disculpas condesa. No fue mi intención ofenderla, ni a usted ni al conde de O´Donnel del cual soy huésped. La veo tan descompuesta y enferma que se me ocurrió que tomar el aire podía ayudarla a recuperar fuerzas. Mil disculpas. No volverá a ocurrir.

—Perdone usted joven. No estoy acostumbrada en mi propia mesa a tratar….

Y ahí se queda la condesa ensimismada, sin pronunciar palabra.

Regla Merced llega a traer el postre y al instante se da cuenta de la situación incómoda de los comensales. Con la mirada le pregunta a su pariente qué sucede y Lázaro Jesús se encoge de hombros negando cualquier vínculo con el estado actual de su anfitriona.

—¿No va a comer dulce la señora? —pregunta Regla Merced con total inocencia.

Amalia logra recomponerse al ver a la esclava a su lado y suspira aliviada.

—Sí, claro, tus dulces son la alegría de las comidas Regla Merced. Sírveme un tantico y al caballero, todo el que desee.

Regla Merced obedece solícita, los cascos de guayaba con lonjas finas de queso amarillo exaltan sus virtudes de repostera extraordinaria.

Luego de terminado el postre, sirven manzanilla como bajativo. Amalia y el joven conversan de música y literatura. La condesa se sorprende de los conocimientos profundos en las artes de su huésped incógnito. Lázaro Jesús pide permiso para retirarse, Amalia asiente y también casi se levanta.

—Muchas gracias por la velada. Ha sido muy gratificante. Agradece el joven con su voz grave de bajo, casi en la nuca de la condesa, mientras le retira la silla con gentileza de caballero.

—El placer ha sido mío, jovencito. Y me excuso de cualquier tontería que haya dicho sin querer. Amalia roja como la grana no dice más. Va directo a su alcoba muy asustada pues cree que ha hecho aguas, o en el mejor de los casos que se ha sudado en sus partes íntimas. Con mucho esfuerzo se quita la ropa y comprueba que no hay nada de eso, sin embargo, en la enagua descubrió una secreción incolora con olor vaginal. Abre los ojos desesperadamente la condesa de O´Donnel, se persigna y reza el padre nuestro en voz baja durante media hora hasta que se queda profundamente dormida.

Esa misma noche, después de la cena toman café, Marta María, Amalia y Lázaro Jesús, en el balcón que da a la calle Aguiar; el conde les pide a su hija y esposa que acompañen al huésped. Calixto fue a su dormitorio por un ataque de tos, que no se le quita, ya le pidió a Regla Merced una infusión de yerbas que lo alivian bastante.

En un giro inesperado del destino, Marta María tararea una melodía conocida, Lázaro Jesús hace lo mismo en una voz segunda con su tono de bajo, en un dúo perfecto. A Amalia esa estampa musical e inocente le recuerda a otra de hace muchos años entre la condesa de Nebel y el negro Octavio Filiberto; la dama se agita incómoda en su silla; en un gesto involuntario de su brazo, el café le salta manchándole el cuello blanco, límpido. La señora de O´Donnel no se mueve, como si posara para un retrato inquietante. Lázaro Jesús con un pañuelo del más fino algodón le frota con suavidad el escote y le ruega que no se preocupe. Amalia se lleva la mano a la boca por no gritar; luego pide permiso para retirarse, olvidada de su hija casadera en manos de un invitado que la hace... y ahí se persigna la dama, mortificada por la carne, sin entender que el castigo está en no reconocer que se ha humedecido otra vez, la muy cabrona, por muy fina, esposa y aristócrata que sea.

Marta María contempla las estrellas y habla de su boda inminente en España, acontecimiento que la hace muy feliz. Y pregunta de sopetón qué hace Lázaro Jesús en su casa; él responde que por órdenes de Ana María Herrera y Abascal, que es su madrina de bautizo y de Domingo, su padre, al que ahorcaron en una matanza de negros, que el conde fue quien lo buscó y que si tiene más dudas pues que la señorita le pregunte a su padre.

Marta María entiende que ha ido demasiado lejos en averiguaciones que no le competen por su edad, clase social e interés verdadero. La vida del joven intruso le importa un comino, aunque no sabe por qué su cara le resulta tan familiar. Pide permiso para retirarse con toda la gracia que sus refinadas costumbres le exigen y va hasta a su habitación donde se quedara despierta vigilando el amanecer.

Lázaro Jesús termina el café en el balcón completamente solo. Regla Merced lo sorprende y él le sonríe, guiñándole un ojo a su cómplice y parienta.

Por su parte, Calixto le pone un preceptor al joven de dieciséis años para que le enseñen inglés; y en seis meses con cuatro horas de clases diarias ya logra hablarlo muy fluido. Muy pronto Lázaro Jesús destaca como chelista de facultades excepcionales e incomparable deportista; además de boxeador y bailarín. A los dieciocho años se convierte en uno de los mejores esgrimistas de Cuba.

Amalia siempre fue reprimida, por condición social y de género. Nunca se permitió ir más allá de los preceptos, ahogó su vida con hijos, marido, labores caritativas, viajes a Europa, opulencia; sin embargo, no deja de pensar en el huésped inesperado del que conoce un pasado que lo ata a Calixto de manera rotunda. Y le tiene sin cuidado el vínculo, cualquiera que fuere, de su marido con un joven negro de ojos verdes. ¿Quién lo diría, a su edad?

En los baños de tina que con esmero se da en las tardes con sales perfumadas traídas de Nueva York, la condesa pudo notar al asear sus genitales, un picor que le entró repentinamente en la vulva; ahí descubrió un botoncito que al ser frotado le produce un inmenso placer. Y no haya reparos en pasarse horas frotándose el botoncito hasta lograr una apoteosis vaginal que años más tarde la llamarán orgasmo simple o múltiple, en dependencia de la cantidad y calidad de los tocamientos. Resulta tanto el desenfreno y la lujuria carnal que Amalia se masturba en la propia alcoba donde duerme con su marido, que no la toca desde la única vez en que se sintió mujer plena. Lo hace varias veces al día tan solo al repasar la voz grave de Lázaro Jesús y el tacto de los dedos negros en su cuello frágil de condesa insatisfecha.

Fue una mojigata sincera y ahora se reconoce como una perdida sin remedio, metiéndose en la vagina lo que hubiere que meterse (dedos, zanahorias, plátanos macho, y un largo etcétera vergonzante) con tal de sentir el contentamiento que anheló alguna vez y que recién comprueba de su existencia verdadera, cual canto de ángeles con trompetas a las puertas del paraíso. Lázaro Jesús la deriva a un mundo quimérico que la avergüenza y la hace sufrir pero del cual no puede separarse. A la mitad de su vida Amalia descubrió el verdadero sentido del goce. Y al goce se aferra como clavo ardiente en la cruz. Y que suene la música celestial desde sus genitales redentores.

Cierto día y pasado bastante tiempo de su estancia en la mansión de la calle Amargura, Lázaro Jesús luego de la clase de esgrima de rutina pide un poco de agua, se sienta en una silla y cae muerto, fulminado por un infarto. Nadie entendió nada al respecto, todos se asustan de lo inevitable. O'Donnel cree sin reservas que también él morirá de forma abrupta e inmediata por no cuidar un encargo del más allá y la cabeza se le hace un lío. Al ahora difunto le hacen la autopsia, lo embalsaman. Trasladan el cadáver para Tapaste al cafetal de Saint Eve donde hombres y mujeres ajustan el ritmo de sus pasos al canto vudú que sale de los labios de Albertine, que va vestida de blanco, y llora sin lágrimas a su único sobrino.

En el centro del claro del cafetal, envuelto en lino reposan los restos del joven. A medida que el canto cobra fuerza se acrecienta el número de danzantes que incluyen a niños y niñas.

Albertine toma dos gallinas blancas, las pasa por las cabezas, los hombros y los pechos de los niños, después las sacude con tal fuerza que las gallinas desprenden el pescuezo del resto del cuerpo, bañándolos a todos en sangre. Otras mujeres, también vestidas de blanco, les arrancan las plumas y las lenguas y las arrojan al aire.

Albertine reinicia sus sortilegios y vaticinios cantados en francés. La música de tambores se hace más fuerte. Dos negros traen un chivo blanco, adornado con cintas y paños rojos, un niño negro desnudo, cabalga sobre la ofrenda principal del culto, en representación del dios Legba, saluda a los concurrentes hasta llegar al sacrificador, el niño se desmonta de su cabalgadura y entrega al animal expiatorio.

El sacrificador, un venerable anciano de pelo y barbas blancos, le presenta al chivo una rama verde, que inmediatamente retira. Esta acción la ejecuta tres veces; de inmediato al animal lo despoja de sus trapos rojos y lo amarra con la ayuda de los dos negros que lo trajeron. De un tajo seco y duro que retumba en la noche estrellada le arranca la cabeza el sacrificador. La sangre se recoge en una vasija de barro; luego de añadir alcohol, pimienta negra y otros ingredientes que le dan a tomar a los fieles, depositarios de futuras venganzas redentoras.

Al día siguiente el cuerpo es enterrado detrás de la residencia principal donde reposará por los siglos de los siglos.

Saint Eve, Michel y Paul siguen los acontecimientos en estado de *shock*. La experiencia les aniquila la alegría durante mucho tiempo, hasta que la vida vuelve a llevarlos a la cotidianidad.

Amalia en la calle Amargura vestirá de negro riguroso y en las tardes de baño seguirá tocándose con fruición la vulva adulta, en homenaje al joven que le devolvió para siempre las ganas de vivir.

Pilar y monsieur Perrín llegan por sorpresa a la calle Amargura donde el conde entra en pánico al verlos. No sabe cómo decirles que Lázaro Jesús se murió. Pilar hace una cruz al aire y le dice que queda libre de pecado y que le ponga una vela a sus muertos. Ya se le quitaron los dolores de cabeza y en una semana regresa a México con monsieur Perrín, un joven apuesto de refinadas costumbres.

La espada del Obispo

El futuro Obispo de La Habana tiene cuarenta y seis años en febrero de 1802, ese mismo día se entroniza como el máximo representante en Cuba de la Iglesia Cristiana, en una ceremonia que se registra como una de las más lúcidas, impresionantes y extraordinarias celebradas en tan santo lugar. Cirios encendidos, incienso que se esparce como bruma en la catedral habanera. Rayos de sol que traspasan alguna ventana abierta e iluminan el piso. Algunos militares con trajes de la época agrupados en un mismo lugar. Las damas de la ciudad, vestidas de negro, con mantillas de encaje y centenares de joyas, oran en silencio, mientras sus esclavos quedan de pie detrás de los bancos de caoba al igual que el pueblo arremolinado como un gran crisol de razas. Se destacan los rostros de los presentes atentos a las palabras del nuevo prelado.

—Hube de cruzar el Atlántico para consagrarme como Obispo de La Habana. Debo platicarles con devoción sobre mi programa de afianzamiento de la verdadera fe cristiana y en la imperiosa necesidad de erradicar los males que impiden que esta fe verdadera llegue a sus feligreses de manera pura y rotunda. Una batalla contra el mal que corre a la sagrada institución que yo represento, amén del bienestar y la salud de mis feligreses serán mi objetivo primordial. Por ello me encontraré en el camino con muchos enemigos; algunos muy poderosos que intentarán socavar mi labor con presiones, mentiras y chantajes de toda índole. Más soy un hombre de profunda devoción católica, firme de carácter e inflexible en mis ideas.

La iglesia solitaria, el obispo dormita en su trono, lanzando ronquidos bajos durante largo tiempo, y luego despierta con una sonrisa en los labios. Tiene sesenta y ocho años y cálculos en los riñones que le producen de cuando en vez dolores irresistibles en los testículos, en la espalda y hasta vómitos. Debemos acotar que la consagración de un obispo en el lugar de destino es un acto de notable deferencia, pues por lo general los españoles designados para sedes en América son consagrados en España. Fue una excepción única, dada por las excelentes relaciones que mantenía Espada con Manuel Godoy, primer ministro de su majestad Carlos IV, el «preferido» de la reina María Luisa. Mas no es la intención, ni el interés hablar del amante de la soberana y amigo personal del obispo, y tampoco entrar en digresiones de alcoba que nos aparten del propósito fundamental. Volvamos a lo que nos ocupa. Un hombre encapuchado aparece en la iglesia vacía; después de los saludos correspondientes le entrega un mensaje a Espada y mira a todos lados. La cara se le transforma al prelado mientras lee, casi deja caer la carta. El encapuchado recoge el papel, va hasta un candelabro y lo quema.

—Ya estoy muy viejo para estos trotes —se queja el obispo.

—¿Y qué piensa hacer Señoría? Quieren expulsarlo a Roma y quitarle su diócesis.

Espada suspira. Su cara refleja preocupación y miedo. El encapuchado ha desaparecido con cautela. El más mínimo desliz puede costarle la cabeza a este simpatizante del Santo Varón, uno de los delincuentes más connotados de la ciudad. Este hombre enorme de estatura, fibroso, de dientes perfectos y piel negra reluciente, después que sale con mucha sigilo de la catedral, por una de sus puertas laterales, guarda rápidamente la capa en una bolsa de tela; va vestido como burgués acomodado. Nadie en esta ciudad de San Cristóbal de La Habana se atreve a mirarlo de frente. Se llama José Napoleón Bonaparte Tondá. Es un negro libre y poderoso.

La Madre Superiora

El conde de O'Donnel fuma un puro en el comedor de su casa. Se nota radiante. Una persona recibe una bolsa repleta de oro del propio aristócrata, quien acaricia discretamente las manos al desconocido, el cual le entrega un papel doblado con sumo cuidado. Calixto lee en voz alta y con cinismo.

—*Su Ilustrísima, querido amigo y mentor. No sabe cuánto lamento el no haberle hecho saber de mí y durante tanto tiempo. Razones me sobran para la demora, pero nunca para el olvido de su Santísima Persona. He tenido que salir abruptamente de España. Fernando VII ha ordenado que me ahorquen por declararme abiertamente antimonárquico. Logré escapar en un barco hasta Gibraltar y de ahí hasta Nueva York donde pasé mucho frío. Ahora vivo en Filadelfia. Debo comentarle que he publicado un periódico independiente y en español al que he titulado El Habanero. Lo envío a Cuba desde New Orleans. Ya tengo listo el número siete. Espero que sepa de él prontamente; si no lo ha hecho ya. Fernando VII ha prohibido la circulación del mismo; sabe que me encuentro aquí, y ha contratado a un asesino para que me liquide. La casualidad ha obrado a mi favor otra vez. ¿Tanto odio le provoca un sacerdote que solo dice lo que piensa? La verdad a veces resulta peligrosa pero vale la pena sacrificar todo, hasta la propia vida por defenderla. Por estos tiempos además, me dedico a cuidar y a defender a inmigrantes irlandeses. Mi único temor, si es que tengo alguno, es no volver nunca más a Cuba. Eso, por ahora.*

Siempre suyo. F.V

El conde sonríe y le entrega el papel al desconocido quien lo guarda con sumo cuidado en uno de sus bolsillos. Ambos hablan en francés con discreción. La luz es baja.

Al día siguiente al mediodía, Espada busca en la gaveta de su despacho la carta que le escribiera Félix Varela. Sor Eusebia está sentada, expectante. Espada no encuentra la esquela y se preocupa hasta que por fin la halla y se la entrega a la monja que la lee rápidamente.

—No sé cómo ayudarlo. Le tienen prohibida la entrada a Cuba y a cualquier colonia de España.

—¿Sabe usted exactamente el lugar dónde se encuentra, monseñor?

Espada asiente.

—Supe que envió la carta con alguien de su extrema confianza que llegó a la Habana de paso a Santo Domingo. Es de suponer que no quiso hacer uso del correo ordinario por razones de su propia seguridad y de la mía. Pero no pude ver a la persona. Me hubiera gustado saber más.

—Pues si sabe exactamente dónde se encuentra el Padre Varela, en tres semanas yo viajo a los Estados Unidos y le puedo llevar cualquier cosa que usted desee, Monseñor.

—Pues algo de dinero y una carta estaría bien. Que Dios la bendiga hermana. Hace años estuvo junto al doctor Romay cuando enfermé gravemente del vómito negro y ahora…

Espada no termina de hablar. Se nota visiblemente emocionado. Sor Eusebia en un gesto de espontaneidad besa la mano del obispo con devoción. Parece sincera la Madre Superiora.

Cuando la luz palidece

Mediados de noviembre y 1824. Comedor del conde de O'Donnel. Todos duermen. La luz es discreta. Por la posición del desconocido no se sabe con quién habla el hacendado. El susodicho incógnito lleva en su mano izquierda y en el dedo meñique, un anillo engarzado con una piedra muy llamativa. Habla en francés.

—La corona ha dictado orden de arresto contra el sacrílego Obispo Espada y pretenden excomulgarlo. Escribió una pastoral pidiendo clemencia contra los liberales ante la restauración del absolutismo. El viejo es un constitucionalista irredento. Que Dios me guarde, querido primo.

El desconocido levanta un brazo con el folleto anónimo escrito contra el obispo. Juega con su anillo en el dedo meñique.

—Fui yo quien escribió el anónimo, oh primo. Yo he sido su grano en salva sea la parte, todos estos años…ji, ji, ji…

El conde y el invitado ríen. O'Donnel ofrece una copa de vino al Judas del Obispo de La Habana quien bebe con deleite.

Vicenta escucha casualmente desde una puerta toda la conversación. Trata de distinguir por la voz quién puede ser la persona que visita al conde. Se da cuenta que es una voz grave. Esa misma puerta se abre. Vicenta se esconde. El desconocido sale con el folleto bajo el brazo, una capa lo cubre de miradas indiscretas. El conde lo despide con mimos familiares cerrando la puerta del comedor. Al traidor con la borrachera se le cae el libro. Vicenta sale de su escondite. Regla Merced, la esclava más vieja de la casa, llega con unos papeles y se los entrega. Vicenta agradece y se marcha con discreción. Toma el libelo en sus manos y lo esconde bajo su manto. Su rostro marca un rictus de preocupación.

La ex dama de compañía monta en un coche que la espera y se baja en su casa de la calle de los Oficios donde abrió una escuela en la planta baja para enseñar a leer y a escribir a niños pequeños. Sube los cuarenta escalones de madera hacia la planta alta y llega hasta su habitación espaciosa, ventilada, y se quita la capa; Octavio Filiberto, el notable violinista de su misma edad, con quien está casada desde hace varios años, le sirve un trago de coñac con café frío, su bebida favorita. Vicenta se sienta a leer a la luz de un farol; de pronto se agita, deja el libro y pasa sus manos por las sienes. Cierra los ojos en trance.

—Peligro, peligro. Dios mío, peligro.

Vicenta abre los ojos con miedo. Su ropa está sudada. Octavio Filiberto busca paños que humedece con agua fresca y vetiver para ponérselos en la frente y en la nuca a su enamorada. Desde la Cabaña, la fortaleza más grande de América construida por España, el cañonazo que anuncia las nueve de la noche, hora en que se cierra la ciudad intra-muros. Vicenta después que se recupera va con su esposo hasta la habitación donde sus tres hijos duermen a pierna suelta. Ambos bendicen a los pequeños con un beso tranquilo, silencioso y lleno de amor.

El Capitán General de la isla

En el Palacio de los Capitanes Generales un coche se detiene cerca del mediodía. El cochero abre la puerta y ayuda a descender a uno de los hombres más ricos de Cuba. Tiene una reunión en la oficina de Vives, Capitán General de la isla. Después de los saludos de rigor hablan sin tapujos.

—Hemos llegado a un punto en el que no nos entendemos, mi capitán —refiere el conde de O'Donnel.

—Quien no quiere entender es usted. Me encuentro en una situación muy comprometida estimado Calixto —afirma Vives.

—Expulsarlo de la isla es la orden expresa enviada por su majestad. ¿Acaso no piensa acatarla? ¿O es usted su amigo? —presiona el conde.

—No soy amigo del obispo, jamás lo he sido. Mis relaciones con él son de política y etiqueta. Pero no olvide que soy quien manda en esta isla y no estoy aquí para complacer los caprichos de mi amigo Calixto Herrera, sino para velar por el interés de la corona. Enviar a la península a Espada sería lo más imprudente. Incluso afectaría la estabilidad de las últimas colonias que le quedan a España en América. —Vives que trata de no perder la compostura.

—Las cosas que tengo que escuchar capitán. Esperaba una actitud más colaboradora de parte suya.

—Calixto no me voy a dejar provocar. Conozco su juego.

—¿Al menos, podría considerar lo que le he pedido?—El conde sabe que echa su última carta.

—Voy a considerarlo, solo porque es usted. Pero no puedo prometerle nada.

El Capitán General Francisco Dionisio Vives observa a su amigo con la seriedad que la conversación amerita. O'Donnel se despide amablemente de su poderoso interlocutor, toma su sombrero y su bastón marchándose con una incipiente sonrisa en los labios. Sus hijos y esposa viven en España y lo han dejado solo, pero eso lo tiene sin cuidado. Ha vivido obcecado con una idea fija. Ha construido su carácter sobre la soberbia, la arrogancia y el miedo; el miedo que no lo deja tranquilo ni un minuto. El miedo a que alguien descubra su verdadero origen racial. El conde envejecido y terco mira el paisaje desde su carruaje. Morirá tres años después asfixiado con un corcho atragantado en su garganta al abrir una botella de coñac con los dientes.

El anillo

Casi a la misma hora en que platican Vives y el conde de O'Donnel sobre el destino del Obispo de la Habana, Vicenta se baja aprisa de un carruaje. Toca la puerta del Seminario de San Carlos y San Ambrosio. La puerta se abre y casualmente habla con el Padre Anselmo quien iba hacia la calle pero la escucha atentamente y le pide que espere. Anselmo conversa en voz baja con Espada en su despacho. El Obispo asiente. Anselmo va donde Vicenta y le hace señas de que lo acompañe. El padre Juan escribe y firma unos papeles mientras habla con sor Eusebia que va en busca de unos libros a la biblioteca.

—Buenos días su Santidad. Gracias por recibirme —Vicenta besa la mano del obispo.

El Padre Anselmo sale de la oficina y se aleja al interior del edificio. Ya no saldrá a la calle en todo el día.

—¿Cómo marchan la escuela y los niños? —pregunta el obispo.

—La escuela y los niños marchan bien, gracias a Dios. —La ansiedad de Vicenta es notoria.

—Con tantas ocupaciones no he tenido tiempo de visitarlos Vicenta. ¿La semana próxima, como el miércoles en la tarde, le parece bien que me llegue a saludar a los rapaces? —casi se disculpa el obispo.

—Eso lo decide usted Excelencia. Los niños van a estar más que felices. No les diré nada para que sea una sorpresa. Voy a necesitar más maestros monseñor. No damos abasto.

—Pues ya lo pensaré y alguna solución le daremos. No se preocupe.

—Monseñor quiero felicitarlo por la idea de premiar a los mejores maestros con dinero, y a los mejores alumnos con medallas. Gracias por los libros que ha enviado para nuestra propia superación. Ya verá cuánto hemos avanzado el día que nos visite, pese a que no damos abasto, como ya le dije…

Vicenta se queda muda. El sudor le cubre la frente y la espalda. Con discreción saca un pañuelo y seca la humedad de su rostro impaciente. Espada se da cuenta que algo quiere comentarle. Y parece un asunto delicado. Un silencio vasto e inquietante merodea el ambiente.

—¿Pero a qué ha venido tan temprano, hija mía?

—Doña Alicia, una de las madres de los chicos, me contó que usted la ayuda económicamente todos los meses. Lo alaba mucho ¿sabe? —Vicenta no se atreve a explicar a qué ha venido. Incluso lamenta el estar aquí.

—Sé de quién me habla. Le pedí que fuera discreta y que no lo comentara y me mandó a una amiga que también me pidió la misma ayuda. Entonces no me quedó más remedio que dividir a la mitad la pensión que le doy a la señora Alicia con la susodicha amiga. A esta le rogué que también fuera discreta.

Vicenta se sonríe nerviosa y mira a todas partes.

—¿Quiere hablarme en privado, hija mía?

Vicenta no sabe qué hacer. El Padre Juan se levanta y pasa por delante de ella; va hasta el armario donde guarda unos papeles. Vicenta le mira las manos. El Padre Juan lleva un anillo en el dedo meñique de la mano izquierda, como el que ella viera la noche anterior. Vicenta se muestra cautelosa y consternada. El corazón le late con fuerza y suda a mares. El Padre Anselmo trae una bandeja con café. Vicenta nota que también lleva un anillo idéntico al del Padre Juan y lo usa en el dedo meñique de su mano izquierda.

El Padre Anselmo sirve café para todos con parquedad y oficio. El Padre Juan entra y se sienta donde estaba.

Vicenta mira los dos anillos.

—Buenos días su Santidad. Buenos días Juan y Anselmo. Buenos días señora. —saluda Pablo cortésmente. Llega de realizar una visita a un enfermo.

Todos saludan al recién llegado. Vicenta se sorprende. Pablo también lleva un anillo idéntico y en el mismo dedo que los otros religiosos.

Sor Eusebia trae unos libros de pintura para mostrárselos a Juan, la acompañan dos monjas que vienen con enseres para dibujar. Sor Eusebia y el padre Juan hablan en francés y ríen en voz baja.

Vicenta escucha con atención y se agita. Ya sabe a quién vio la noche anterior. A quién pertenece la voz grave que habla francés a la perfección.

—Vengo a verle porque anoche la hermana estaba en casa del conde de O'Donnel. ¿Sabe usía que ellos son primos? Anoche decía que pasó todos estos años hostigando a Su Santidad —comenta Vicenta en voz baja y señala acusadora a Sor Eusebia.

El obispo duda un momento de las palabras de Vicenta, no entiende y queda muy alerta. Sor Eusebia deja los libros y todas las miradas se dirigen a ella que mueve nerviosamente en su dedo meñique un anillo idéntico al resto de los religiosos. Vicenta saca el libelo que la noche anterior se le perdiera a la colaboradora de Espada y acusadora señala a sor Eusebia.

—Este folleto se le cayó anoche al irse. Ella misma confesó que fue quien lo escribió. ¿Su Excelencia sabe de qué se trata?

El obispo asiente con dolor. Sor Eusebia sabe que no tiene escapatoria. Las monjitas que la acompañan dejan caer los papeles y las crayolas de pintura. Y no atinan ni a recogerlos o quedarse de pie de puro nerviosas que están.

—Mentira, todo lo que dice esta negra haitiana es mentira. ¿Cómo va a creerle a ella monseñor?

—Por las mismas razones que ya no confío en ti, traidora. ¿Cómo sabes que ella es haitiana si es la primera vez que se juntan? ¡Fuera de la casa de Dios! Quedas suspendida inmediatamente de todas tus facultades.

—Si es necesario escribiré cartas al rey. Usted es un constitucionalista rabioso y a mí me consta. El capitán Vives se muestra ciego ante sus acciones —afirma Sor Eusebia convertida en un verdadero demonio.

—¿Constitucionalista has dicho? Yo solo cumplo las órdenes del rey, impía. No mezcles mi manera de pensar con la tuya, porque ambas están en direcciones opuestas. ¡Sal, sal inmediatamente, carijo!

El obispo da un puñetazo en la mesa. Juan observa con rencor a Sor Eusebia que no puede sostenerle la mirada. Anselmo y Pablo han quedado anonadados. Las monjitas se persignan y miran horrorizadas a su Superiora. Tienen lágrimas en los ojos.

—La lengua miente, esconde, tergiversa, blasfema, insulta, se acobarda, mendiga, babosea, destruye, vende, delata, corrompe. Con la lengua decimos «muere» y «canalla». Con la lengua decimos «No». Aquiles expresó su cólera con la lengua; con la lengua tramaba Ulises sus ardides. —Juan repite frases de una fábula de Esopo como una cantaleta rabiosa.

Sor Eusebia toma sus cosas rápidamente y se marcha. El obispo suda copiosamente, se marea y necesita dónde sentarse. Las dos monjas, Vicenta, Anselmo, Pablo y Juan asisten a Espada que cierra los ojos, agitado.

El Templete

Templete de La Habana. 19 de marzo y 1828. Espada, de setenta y dos años acaba de salir de su segunda pulmonía que lo obligó a estar en casa durante tres meses. El obispo bendice el monumento de carácter neoclásico por sus columnas y el acabado en general, en contraposición con el gusto gótico cortesano. Es diferente a las demás construcciones aledañas a la Plaza de Armas. El Templete fue hecho con total conocimiento de causa. Ha sido el último testimonio del prelado contra el absolutismo imperante. Un gesto valiente, de extrema inteligencia y audacia. Lo acompañan en este día dignatarios de la ciudad, gente rica y pueblo en general. Algunas negras vendedoras de achuras lo ven y se acercan rápidamente. Espada las saluda a todas con afecto. Una de las negras tiene un niño en brazos y se lo entrega para que el obispo lo bendiga. Espada con mucho cariño bendice al niño y lo besa. Saca su fino pañuelo y le limpia los mocos al bebé. La mujer llora de felicidad. Algunos acompañantes del prelado se sienten irritados por el «negrerismo» de Espada, quien ni se da por enterado. Juan Bautista Vermay, de origen francés, fundador de la Escuela de Pintura San Alejandro, además pintor de los frescos del Templete y de los techos de la catedral entre otras obras va acompañado por Luisa Lour de Vermay, su esposa. Son los invitados de honor del obispo de La Habana, al igual que don Tomás Romay, Dionisio Vives, Capitán General de la isla y José Napoleón Bonaparte Tondá, el negro delincuente más peligroso de La Habana que el propio gobernador contrató como su guardaespaldas para acabar con el crimen en la ciudad, Tondá también aparece pintado en los frescos del

Templete y se muestra sonriente y alerta. Espada comienza a hablar. No ha perdido en absoluto la energía y el ímpetu que lo hacen excepcional.

—Mi vida y obra han estado ligadas a Cuba, soy vasco de nacimiento y cubano de corazón. Uno no elige el lugar que nace, pero sí dónde vive. La naturaleza y los astros favorecen esta tierra. Las leyes y la opinión general la entorpecen. La religión quisiera desterrar estos abusos y que la política conciliara sus intereses con la pureza de las costumbres. Si como obispo llegara a conseguir que mis meditaciones y vigilias merezcan alguna atención, superando vulgaridades, despreciando miras de intereses sórdidos, y logrando que aquellos que pueden y deben, se dediquen a favorecer a los pobres, habré logrado todo el premio y la satisfacción a la que aspiro —culmina el Obispo de La Habana su ardoroso discurso. La concurrencia aplaude fervorosamente.

El final

Es 9 de agosto de 1832. Espada descansa en su habitación, atendido por dos monjas ursulinas que se turnan para cuidarlo, la tarde casi se hace noche, las ventanas están abiertas de par en par para que el aire circule. Mariposas y el canto de los pájaros adornan los jardines que el prelado disfruta desde su cama. Su estado es delicado pero aún mantiene la vivacidad que lo caracteriza. Espada cierra los ojos por un instante. El padre Anselmo, ahora Cardenal, envestido del poder que le da su nuevo orden eclesiástico, llega sin anunciarse y se sienta delante del obispo con un cartapacio de papeles en su mano. Espada les hace señas a las monjas que lo dejen. Anselmo hurga en sus papeles.

—Juan José, tengo en mi poder documentos provenientes de Roma que atestiguan tus ideas antirreligiosas. Se te acusa de ser partidario del Concilio de Pistoya, condenado como bien sabes por la Iglesia Católica. Además, en estos papeles se te califica de hereje, cismático, revolucionario, constitucionalista, malversador de rentas y capitales ajenos, perturbador de la tranquilidad pública, violento, vengativo, sacrílego y sobre todo, corruptor de la moral y de la juventud de nuestra época. ¿Qué tienes que decir a todo esto?

Espada intenta defenderse pero Anselmo Borja lo detiene con un ademán imperativo. Anselmo registra los documentos en su carpeta.

—Tus facciosos liberales introdujeron la masonería en Cuba, que como bien sabes también está prohibida por nuestra Santa Institución. Por acá tengo un papel que argumenta cómo has llenado los templos de La Habana con insignias de esa secta satánica. ¿Es cierto que tu casa es una logia masónica? Aquí tengo documentos donde se declara que conspiras abiertamente por la independencia de Cuba. El Seminario de La Habana es un centro conspirador y sus catedráticos y alumnos son activos conspiradores. Por último, se comenta con demasiada insistencia que pretendes arrojar a la prostitución a las monjas de La Habana. Ahora respóndeme con claridad a todas estas acusaciones muy serias, provenientes de Roma. La prórroga de tu mandato como obispo queda en entredicho ante tanta evidencia.

—Anselmo, no son evidencias sino calumnias; infundios de baja estofa. Todo es consecuencia de una amplia intriga donde no se ha tomado en consideración mi labor apostólica y mi obra social, la cual es desconocida en el Vaticano y de la que usted puede constatar con sus propios ojos.

—Tu labor social no es lo que estamos analizando ahora. Son cosas muy graves Juan José.

—¿Ha dicho «graves», Anselmo? Puede que le asista la razón. Gravedad es además no asistir a los necesitados, gravedad es intrigar, blasfemar como lo hace su estimado Gregorio Rodríguez, ex obispo de Cartagena, y Manuel Sobral y Bárcena, ambos muy interesados en ocupar esta diócesis para lo cual cuentan con todo el apoyo de su notable influencia y a mí me consta.

Anselmo sabe que es cierto lo que dice Espada y se sorprende que tenga conocimiento de ello. Trata de buscar tiempo.

—¡Cómo te atreves a insultarme así! Respeta mi autoridad. ¿Qué pruebas tienes para afirmar semejante falacia?

Espada mira a Anselmo a los ojos y sonríe. Anselmo le sostiene la mirada; le tiembla la mandíbula.

—Acaba de confirmarme con su actitud que todo lo que le he dicho es cierto. Nos conocemos muy bien Anselmo Borja. Pero vayamos a lo que nos ocupa: por primera vez el Vaticano decide sobre un obispo americano, que como ya sabe le corresponde a España exclusivamente ventilar asuntos de tales índoles. Y no lo tomo como una cuestión personal Anselmo, sino como una violación evidente de los acuerdos entre España y Roma, los cuales no pueden revocarse de manera unilateral. ¿No le parece demasiado extraño?

—No sé adónde quieres llegar. ¿Qué estás tratando de insinuar?

—Es significativo, por llamarlo de alguna manera, que todo suceda después que Roma aceptara los obispos americanos propuestos por Simón Bolívar. Hay varios componentes «fuera de lugar» en la actitud que asume el Vaticano. Primero, rechazar la prórroga sobre las facultades otorgadas por el Papa a un obispo en América, algo que nunca antes había negado; segundo, intervenir directamente en un problema de una diócesis americana, cuando jamás lo ha hecho y tercero, aceptar como válidas las acusaciones contra mi persona, sin solicitar una investigación a fondo sobre el problema.

—Vaya, vaya. ¿Estás poniendo en duda lo que dice el Vaticano?

—Estimado Anselmo, nada más estoy poniendo las cosas en su justo lugar. Las dudas son tan importantes como las certezas. En lo que sí no tengo vacilación es que toda esta intriga no obedece solamente a un asunto religioso.

—¿Y a qué otro asunto podría obedecer por el amor de Dios?

—Póngale usted el nombre que prefiera y por favor, le ruego encarecidamente que no mezcle al «Señor» en estos tópicos tan mundanos.

Anselmo se toma todo el tiempo del mundo y piensa.

—Se trata de un asunto de carácter político. ¿No? Entonces la cuestión es mucho más peligrosa. Ahí es donde quería llegar. Voy a utilizar todo mi poder para destruirte Obispo de Espada. Serás trasladado inmediatamente a Roma aunque tu débil cuerpo no te acompañe. Te harás cargo de tus dudas y tus certezas ante la Santa Sede, «querido» Juan José. Si te resistes al arresto serás tratado entonces como lo que eres: un obstinado delincuente. ¡Guardias! Llévense a este hombre.

Son las cuatro y media de la mañana. El cañonazo desde la Cabaña anuncia que se abrirán las puertas de la ciudad intramuros. Espada abre los ojos con el estruendo. Ha sido una pesadilla nocturna y pesarosa. Vuelve a cerrar los ojos y se ve así mismo con un día de nacido, el 21 de abril de 1756, en la pila bautismal de la iglesia parroquial de Santa María en Arróyave, provincia de Álava, el cura párroco es su tío abuelo materno, Juan Ruiz de Azúa, y el padrino, el abuelo paterno, Eugenio Díaz de Espada y su madre, María Fernández de Landa y Ruiz de Azúa, vestida con sedas y gasas de tonos pasteles y una mantilla blanca cubriéndole parte del cabello que lo abraza con una devoción y cariño infinitos. Espada abre los ojos nuevamente, tiene sed y respira con dificultad, se da cuenta que no puede hablar, mira a su alrededor por unos minutos tratando de articular palabras, ya empieza a convulsionar y a echar espumarajos por la boca. El Padre Pablo quien se ha quedado cuidándolo manda a buscar al doctor Romay, quien acude inmediatamente junto a Nicolás José Gutiérrez, colega y eminente galeno. Las convulsiones duran cuarenta minutos. Las monjas por indicaciones del médico le dan a respirar sales de amoníaco y le ponen compresas de agua fría en las sienes, en el cuello y las axilas para bajarle la fiebre alta. Espada entra en coma. Muere de apoplejía el trece de agosto de 1832 a las dos de la tarde. Tenía setenta y seis años. Días antes una muchedumbre consternada y angustiada rodeó la casa del prelado. De los pueblos cercanos a La Habana también comenzaron a llegar numerosas personas, quienes se sentían deudos del Santo Varón. Había ayudado a tantos de balde. Espada no testó. Carecía de propiedades, todo lo había entregado en vida a su pueblo cubano. En sus fondos solo hallaron dos doblones. El Gobernador de la Isla y el Intendente del Ejército debieron pagar sus funerales. Durante tres días estuvieron sus restos expuestos al público. Miles de personas acudieron a contemplar su cadáver. Toda la ciudad estaba de duelo. José de la Luz y Caballero que había sido su alumno expresó: «Fue uno de los hombres que más ardientemente deseó y promovió la felicidad de nuestra Isla».

ANTONIO ARROYO GONZÁLEZ

La Habana, Cuba.

Licenciado en en Arte y Literatura Hispánicas.

Desde los 9 años ha incursionado en la radio y la televisión cubanas como actor, guionista y director de Teatro y Televisión.

Entre sus libros publicados:

Mantilla después de la Palma (2013) y *Bendita Habana* (2019)

Cine

1977: *El Brigadista*. Secundario.

1978: *Un hombre, una mujer, una ciudad.* Secundario.

1980: *Guardafronteras.* Secundario.

Teatro

2018: *La Muerte y la Doncella. Autor: Ariel Dorfman. Director General.*

2017: *Bendita Habana, el musical. Autor, productor y director general.*

2016: *Infames,* autor y director. *Julieta,* productor y director general. *Fresa y Chocolate.* Actor y director.

2015: *La Otra Rumba de Papá Montero*. Guionista, música y codirección.

2015: *Querido Diego*. Protagonista y director, *e Infames*. Guión y dirección (actualmente en fase de montaje).

2014: *Fresa y Chocolate*. Actor y director. *Homenaje a Tony Díaz*.

2011: *Abuela KK. Unipersonal*. Actor y director.

2009-1997: *Fresa y Chocolate*. Protagónico. Más de 1300 funciones en Argentina, Chile, Uruguay y Cuba.

2009-1997: *Maní Tosta'o*. Actor y director. Argentina, Chile y Uruguay.

2003: *Dios los cría*. Guionista y director. Chile.

2003: *La Habana-Madrid*. Protagónico. Chile.

2000: *El Camarón Encantado*. Dirección. Chile.

1996: *La Querida de Enramada*. Coprotagónico.

Televisión:

2018: *Que la música no falte*. Programa musical. Productor, guionista, conductor, director.

2012-2013- *Todo con Tony*. Programa de variedades. Conductor, guionista y director.

2011: *Añorado Encuentro*. Telenovela. Protagónico.

2010: *Aquí Estamos*. Telenovela. Actuación Especial.

2010: *Abismo*. Serie. Actuación Especial.

2005-2007: *Unitarios en la Tv Chilena*. Secundarios y coprotagónicos.

1997-1999: *Hecho en casa*. Programa musical. Conducción.

1996: *Prefiero las rosas*. Telenovela. Coprotagónico.

1995: *Unitarios*. Telefilmes. Coprotagónico y protagónicos.

1994: *Magdalena*. Telenovela. Secundario.

1992: *Su propia guerra*. Serie. Secundario.

1990-1991: *Dando Vueltas*. Programa Infantil. Conducción.

Radio:

2009-2015: Programación Dramática en Radio Progreso. Radionovelas, unitarios. Protagónicos y Coprotagónicos.

1991-1997: Conducción de programas de gran audiencia en Radio Taíno.

1986-1997: Programación Dramática en Radio Progreso. Radionovelas, unitarios. Protagónicos y Coprotagónicos.

OTROS TÍTULOS

CATÁLOGO NARRATIVA

CATÁLOGO DE RELIGIÓN: MONTE

UNOS & OTROS

EDICIONES

UnosOtrosEdiciones
Tu
Editorial

www.unosotrosculturalproject.com
infoeditorialunosotros@gmail.com